我的小院

祥子 / 著

浙江文艺出版社
Zhejiang Literature & Art Publishing House

开篇
曾经的行走时光

我的童年时期，曾有一段寄居乡下的时光。热爱大自然的天性在那时便开始彰显，花草树木是最吸引我的事物，一只昆虫也能让我专注地观察半天。回忆起储存在我脑海的第一个人生画面，是独自一人在宽广无垠的田野间行走奔跑。初长的青草翠绿而柔软，我的裙角滑过草间在风中飞扬，累了便躺倒在草地上。时隔二十年，再回忆起那个画面，我依然记得那鼻腔闻到的青草香气，皮肤触到的阳光温暖，还有在大自然里轻松自在的心情。这存在于脑海的第一个人生画面仿佛是一个寓言：大自然，不仅是我生命记忆的开始，亦是我寄予身心的承载。

十八岁那年，我成为一名人像摄影师，对行走充满了向往。一心想要出走，想去看见大海，想去看见沙漠，想去看见远方的人群，想去看见那个在心底蛰伏已久想要奔向自由的自己。

二十岁那年，因为厌倦影楼模式化的拍摄，我便买了人生第一台属于自己的相机，开始一种行走式的拍摄生活。热爱的摄影和想要的行走生活结合在了一起，既可以拍照赚钱，又实现着自己行走世界的梦想。

于是，北至新疆、东北，南至海南、广东，西到云南、西藏，东至福建、江浙……两年的时间里我走遍了大半个中国，所到之处不是人文建筑，就是当地自然景观。随着拍摄日益稳定，我也有了一定的经济基础，开始到国外去行走拍摄。

在尼泊尔，我遇到处于“间隔年”的外国高中生，他们会在进入大学前用一年的时间周游世界、实践生活，以便发现自己真正的兴趣所在；在柬埔寨的森林农场，我遇到了十几年来与家人一起周游世界，从未进过学校、一直接受家庭教育，同时充满灵性的法国小姑娘；在泰国东北部的苏卡多禅院，我每天清晨跟随禅院的比丘和麦琪们一起光脚托钵，信众们跪在路边把最好的食物供养，清晨暖黄的光将那画面映衬得无比神圣；在柬埔寨吴哥窟，我凝视宁静伫立的石头们，每一块都寄存着来自千古的寄语；在巴厘岛罗威纳的海洋里，我看见海豚们成群地在光波里飞跃……但所有的旅途里，对我影响最大的是马来西亚之行。

年轻的心总是充满挑战的渴望。我徒步行走过高原，攀爬过大山，对大海也充满向往。这向往背后也带着深深的恐惧：那无边无际意味着无限的自由，那深不见底却又意味着不可预测、不可掌控的未知。这一年，我决定挑战自己，去学心念已久的潜水。爱海，那就去；怕海，那更要去。

在网上查阅资料，最终将马来西亚的诗巴丹作为目的地。诗巴丹岛是世界排名前十的潜水胜地。当地政府为了保护天然环境，规定每天登岛的游客、教练、船员不得超过120个名额。没想到我报名时登岛名额已排到了半个月之后。于是我决定在距离诗巴丹岛最近的马布岛住下来，同时在这里考取登诗巴丹必须具备的PADI开放性水域潜水证书。

马布岛是位于马来西亚和菲律宾交界处的一个小岛，它四面环海，只有开发旅游的商家、菲律宾的非法移民和前来潜水旅行的游客。到马布岛的第二天，潜水课程开始。看完潜水基本技能的录像带以后，教练带领我们到水面仅到胸口的浅水区讲解潜水实际操作。

教练是一位马来西亚华侨，脾气有些古怪。当他指挥学员们蹲下身来将头埋进海水里初步体验水下呼吸时，我对大海的恐惧涌了上来。因为我担心：吸气管会不会突然爆裂？潜水时用嘴巴呼吸，那万一口腔里有痰了该怎么办？

眼看着其他学员纷纷进入海水，只有我一个人因为恐惧傻傻地站在那里。待他们从水里直立起来，我向教练说出我的担忧。而教练显然是丝毫没有耐心的，冷漠地回了句：看别人怎么做你就怎么做！于是，我硬着头皮与大家一样蹲下，将自己身体全部沉浸在海水中。

果不其然，对海水的不适应感让我身体左右摆动，一番挣扎后，一些海水进了嘴巴，喉头瞬间干涩。怎么办？我要将这海水吐出去！拔了嘴咬就没了呼吸，这是不可能做到的。向嘴咬里吐？可是，嘴咬是唯一的呼吸通道，吐出去后不就堵住空气了吗？

一阵慌乱中，我只好将混着海水和口水的液体吞咽下去，海水里浓度极高的盐分使我感到喉咙如被千百只蚂蚁抓挠，再度挣扎中，嘴咬竟直接脱落。我连呛了好几口海水，喉咙瞬间像是灼伤爆裂一般。我挣扎着站起来，惊魂未定地离开海水走到岸上。海水的侵袭让我感到委屈，自己的无能让我感到愤怒，我忍不住大哭起来。

这时，教练露出水面，向我吼道：你还学不学？不学你就没机会了！

恐惧将我拉上岸，对海底的向往和挑战自己的决心让我擦干眼泪，再次迈向大海。

学员小组里一位女士看我不停清喉咙的落魄样子，说：嘴巴里进了海水时，像平常吐口水那样直接吐就行了，口水会直接出去，不会影响呼吸管道的。她还向我示范，我将自己埋进海水跟着做了一遍，果然是这样。克服了对吞咽海水的恐惧，再进海水时我淡定了很多。

接下来，学习了潜水眼镜排水、升压降压、海底潜水救急等技巧。下午便开始真正潜水了。我生平第一次潜入海底，第一次见到在陆地上看不到的形状各异的海底生物。三天后，我潜到了海底十五米的深度，开始等待十二天后的诗巴丹潜水。

在等待的时间里，马布岛的生活是充满生趣的。这个小岛，一个小时就能步行走完一圈。每天上午，很多当地的小孩驾着木头小船来到沿岸的客栈下，等待游客给零食和糖果。他们大都家境贫穷，一座木头搭建的窝棚就是一家人的住所，有的则是一家人生活在几平米的小船上。那些孩子与国内满脸诅丧的乞讨者不同，他们脸上满是笑容，那笑容里没有谄媚，没有卖穷，更像是向自己的姐姐哥哥撒娇。退潮时分，孩子们便和家人一起带着篓筐捡拾搁浅的海鱼。每天走一圈小岛也是我的日常生活。

下午，海水涨潮，孩子们便扎堆来到旅店高高的平台上。他们最喜欢的游戏就是从高高的平台上纵身跃起，然后任凭身体重重跌入海水。海水溅起高高的水花，在阳光的照射下熠熠发光。海底的孩子们轻轻翻身就游出十几米远，再回来爬上平台继续纵身一跃。我始终不敢像他们那样纵身跃入大海，但看着他们自由的身影——那是由灵魂深处散发出的自由，那是钢筋水泥的城市里每日被家长盯着考高分、上补习班的孩子身上看不到的自由——我蛰伏在深处的感伤被一层层疗愈，我的恐惧一层层剥落下来。

终于到了去诗巴丹的日子。从马布岛出发，约半个小时的船程。诗巴丹是一座方圆数百米的小岛，岛上草木交织，四周有细沙铺成的浅滩。放眼望去，除了一个供潜水团体统一泊船的小码头外，没有任何人类居住的痕迹。这里的海水尤其干净，我站在小岛和深海的临界点向下望去，出现在我眼前的，简直是一个不可思议的奇异国度：海水是那么蓝，像一个迷醉的梦境；海水又是那么清，阳光折射的光斑透过流动的海水与沙石交相辉映，眼前所有动植物一览无遗。远处海底高低起伏，像是坐落着一处处高耸的山脉。各色珊瑚错落有致，数不清的大小鱼儿畅游其中，那些鱼儿的模样和颜色怪异又和谐。这里的一切，都是超乎我想象力的存在。随着潜水团体潜入海中，我看到缓慢优雅的巨大海龟、美到让人失语的海底植物，以及数以万计迅速游动的鱼儿形成的飓风……我像初生婴儿一般被眼前的画面深深地震撼了！

那是一个神圣的时刻，我望着海底另一个世界，满满的无以言表。第一次近距离接触那些陌生的物种，我竟没有丝毫恐惧。我与这美妙得不可思议的海底世界合而为一，只有对大自然造物主深深的赞叹和敬畏。

以前，我喜爱大自然，却从未想过可以全身心地投入大自然。生活中，人们或是忙于工作和挣钱，或是忙着迷茫或拼搏，从未有人教导我们，生命原来可以用完全不同的姿态度过。我曾以为人生必须像身边所有人那样，努力工作，努力买房，在拥挤而喧嚣的城市度过自己的一生。

经由诗巴丹之旅，上天向我传达了改变了我一生的讯息——人，不只可以住在钢筋水泥的城市里度过一生，还可以和谐完美地融进大自然，可以创造生命的无限可能。这人和自然合一的画面，让我生命的某个通道打开了。

结束了这趟旅程，我踏上回国的路途。在不久后，2013年的秋季，好友约我去终南山游玩。这座山的古意和秀美使我一见倾心，并决定停下持续了近四年的行走拍摄，留在终南山过向往已久的山居生活。在无数城镇青年奔向都市，想要征服城市时，也有一部分人丢弃都市里原本风生水起的生活，去到山野间，过着遵循内心的生活。而我，也成了这其中一员。

我在终南山脚下一个四周种满桃花的土房里独居了两年。后来，重新搬到了一处坐落在竹林里的院子。在桃源小院的山居生活已出版成书《把日子过成诗》，而这本《我的小院》，则记录我在竹林小院的生活。

这个坐落在终南山深处的小院只有三间废弃多年的泥土房，初遇它时，它潮湿且脏乱。我用了两个月的时间将它清理、修缮、重建，待屋内设施建全、小院篱笆扎起、院外开荒菜苗种下，它逐渐成为一个诗意的栖息地。这期间有美好感动，也有艰苦考验，这本书的每一篇章都做了如实记录。我想通过这本书告诉每个看到它的人：你可以去过自己想要的生活，你完全有能力去创造属于你的自由。

在追逐自我的道路上，如果这本书能有幸为你带来些许勇气，它便功德圆满了。

contents

目录

第一章 我的山间小院

第二章 一花一物都是诗

院

第一章

我的山间小院

此生有幸遇见，还请多多关照

2017年，是我在终南山生活的第四年。

我亲手修建的第一个院子是在山脚下的一片桃园里。它是被村民废弃的看林屋。我用了半年的时间，蚂蚁搬家一样将它建造成适宜居住的小院。一到春季，桃花盛开，烟云缭绕着眼前的山脉，不似在人间。如果不是因为无名盗贼在我外出时偷窃清空了小院，我以为我会在那里度过一生。第一次被偷盗时，我用一周的时间平复内心的创伤，鼓起精神重建家园，不料天意弄人，重建不到半年，小院竟再一次被盗。心意中的桃花源已被践踏，我心灰意冷，说服自己搬离桃源小院，开始漫漫山中寻房路，这一寻就是整整一年。我像一个迷路者东奔西闯，走遍了半个终南山的大小峪口。

为什么寻了整整一年这么久？山里大把空着的楼房，可谁让我就是不爱呢。

一直偏爱土木结构的房屋，虽然它们在社会发展的浪潮中被人们遗弃、拆除，被贴满瓷片的钢筋水泥房替代。在山中原住民们看来，瓷片楼房比土房洋气、结实、长面子。没人在意，这青山绿水间，那贴满瓷片的水泥楼房是多么粗粝而突兀；没人在意，那用土壤和木头搭建的瓦房有着怎样的智慧和美感。可惜的是，为数不多的泥土房大都多年前就被人租走，或者地处深山太过偏远，考虑到背柴米油盐走几个小时的路对我体力挑战太大，只得多次放弃。看着山里日益减少屈指可数的泥瓦房，我为这座山丢失了的美好而感伤。只是，这份感伤在时代洪流面前渺小如尘埃，我只是这座山的过客，只是这个时代的过客，只是一个微不足道的角色而已。又有谁，会为了一份

"虚无"的美感而逆流于时代的更迭呢？而我，却顽固地寻觅着自己想要坚守的东西。

寻房的过程，无数次希望落空成失望。好在，我坚持了下来。

终是不负艰辛的找寻，深山里遇到这处后面是近五千棵竹子的土房小院时，我内心是欣喜的。下了车，走一百米就可以到院门口，不用为路途远而扛不动物品担心。第二天签租房合同也很顺利。与第一个院子一样，它也被荒弃了多年。墙体斑驳，屋顶和房梁早已被熏得一片漆黑，踏进房间，满鼻腔都是潮湿旧房特有的味道。院子里只有枯草和陈旧枝叶。而我，却如同遇到珍宝，因为终于可以有一方土地将疲倦的皮囊安放，让内心的美好落地生根。

打磨房梁，让被熏得漆黑的木头露出干净的原色，花了两天时间。打磨的过程，需站在脚手架上举着胳膊仰着脖子，搅磨机启动时烟灰四起，只得眯着眼睛进行。戴的口罩似乎起不到任何作用，被呛得每隔几分钟就得跑出去呼吸新鲜空气，简直是对体力和耐心的极大挑战。房前屋后的垃圾捡了一天也没捡完，屋内的生活垃圾要运出，竹林里的破塑料要捡起。以为清理完了可以松口气了，细细一看，院中土层里隐藏着各种破瓶子、商标贴、电线头……那就继续埋头捡。院子一侧，七零八落的一堆旧木头是好东西，冬季取暖就靠它了。劈柴、捆柴、摞柴，又是三天时间。三月份的终南山，漫山遍野桃花已盛开，这时竟下起一场大雪。雪天无法施工，只好停工一周。

山中建设本就是一个很慢的过程，而我小院的建设比正常速度要再慢一点：外面山间云雾起来了，好美啊，停下来小坐半个小时；搬运石头，一翻开石头，一窝蚂蚁在里面建了家，于是，停下来等它们疏散完再继续搬。屋内，房顶漆黑，望着让人压抑，买了复合木板钉满房顶，房间瞬间变清爽了。原本的客厅被分割成小小的两个单间，让人感到逼仄，索性拆除一面墙体。房梁上的木头很结实，买来松木板平铺满，便成了一个小阁楼。盘在厨房与土灶相通的土炕也年久失修，塌陷了一半，索性全部拆掉，在客厅一侧重新盘起。

不知不觉中，一个来月的时间过去，这片荒园终于有了点像家的模样。屋内原本潮湿陈旧的气息，随着新的建设消失了一大半，再点上艾条熏染，气味逐渐恢复正常，我方才搬家住进去。使这里焕然一新成为幽静之所，还需要很多时间。厕所要新建，下雨天方便走路的石头小径要铺，种菜的菜园要开垦，移植来的花草根系需要时间慢慢扎稳……我接下来很多年的生命时光也将交给这里，我将认识这里的阳光和山脉，熟悉这里的草木和虫蚁。这里，将成为我在终南山的第二个家。

看着日益成形的小院，我在内心默默对它说：此生有幸遇见，还请多多关照啊。

山居，一件与优雅无关的事

说起山居生活时，大多数人第一时间联想到“坐看云起”的优雅画面。优雅的注解是：姿态优美，举止高贵。而山居生活的大部分时候，是优雅不起来的。

比方说种菜这件事。种菜前要松土，荒芜多年的土地十分紧密，此时，优雅高贵地举起锄头是不顶用的。你必须收敛心念，双脚踏稳大地，身躯带动双臂，将所有的气力运向锄头，结实的土地方可被锄松散，土地之间的空气和养分得以保持流动，为娇嫩的菜苗提供好的生长空间。

地锄好了，埋菜苗时，站着会太高够不着，坐着没空间，你必须面朝大地蹲下来，最好是用双手去埋，因为土壤覆盖的量用手也更容易控制。在这个过程中，你弯腰屈膝地劳作着，可能有掩在土中奇怪的小虫子让你心惊，可能双手会被磨出水泡，刚洗净的衣衫总不可避免地沾上尘土，这些你必须接受，也必须臣服。

我想，古时选择归隐山林的文人逸士们，大概都有过类似的过程。“手无缚鸡之力”的文人们，面对大地艰难地开垦时，会产生怎样的内心活动呢?

然而，如果没有劳作时的辛苦做对比，日复一日地坐看云起只会变成一种平常，也就不会使文人逸士们生出无限情怀，留下千古绝唱。通过劳作，与天地交流，领悟生命的奥义，最终在天地自然之间找到灵魂的归宿。所以，陶渊明在诗句里慨叹：“ 衣沾不足惜，但使愿无违。”

很多个清晨，都市的人们跑完步，悠闲地喝着咖啡；而山居的人们，嗅闻着大地的味道，双手沾满泥土，汗水落入大地。一杯咖啡过后，都市的人们涌进人潮，开始为生活奔波。而山居的人们，辛勤的劳作过后泡一杯清茶，在四季的流转里体味着都市生活外的另一种美好。同一个世界里，两种不同的生活方式并行向前。无须评判比对哪一种生活方式更胜一筹，因为每个人心性都不同。若把热爱都市生活的人放在山林里，他会觉得苦不堪言；若把身心早已与山林相合的人放在都市里，他会觉得了无生趣。而我，一直清晰知道自己对大自然的热爱与真诚，以至于哪怕独自一人也要到这山林里栖居。

一次次满心喜悦地在菜田里劳作，让我终于明了：山居生活，摒弃了形式上的优雅，却收获了生命的自由。

如此一来，山居生活劳作的辛苦，也是对人生的一种恩赐了。

柔软的美好事物

房屋基本清洁和改建完成了：原本黑黢黢的屋顶用整齐的原木板铺满，被熏黑的大木椽也清理洁净，旧窗户上堆积的灰尘擦拭好多遍，终于露出窗框原本的颜色。墙面重新刷白后，房间内部变得明亮起来。屋内的整体架构已然清晰，接下来就是软装了。

我喜欢原生态制品，不喜欢工业制品，所以，室内的软装基本就是“把大自然搬回家”，每个角落都是让人心生柔软的美好事物。

客厅门位于客厅的左侧，左侧离墙的空间不大，就在这里靠墙放了一个原木书架。这原木书架只有三层，木头本身有近十厘米厚，拙笨且温厚。挑选我最喜欢的书放在这里，随手拿着方便。书架的两侧，放置了干莲蓬和陶制花瓶。书架对面的空间较大，则做成了榻榻米的形式。下方用木头打出高约三十厘米的支架，再将榻榻米搁置在上面。有了支架，榻榻米与地面潮气隔离开来，是很好的保养方式。剩余的书则一摞摞挨着墙放在榻榻米上。榻榻米中间，放置一个草编茶几，除去菜田劳作和游山，生活的大部分时间就是在这榻榻米上度过。而另一侧，放置了一个小水缸，平时煮水喝茶就方便了，连舀水的器具，也是用最天然的葫芦瓢。以前行走时从其他国家带回的木制手工灯具、朋友送的好看的花器，被随意地放置在角落里。

这些物件刚摆放在屋内时略显生涩。一个住所，需要时间磨合，才能将居住者的气息浸润到各个角落，居所里摆放的物件也需要时间慢慢融入环境，散发它们特有的魅力，就像一朵花移植后需要时间才能重新使根系抓稳大地，再次盛放一样。我愿意付出足够的耐心去等待这个过程。

山里的冬季尤其冷，一个可以在底部烧火取暖的炕是山居生活的必备，它帮助人们度过寒冬。在北方，炕的面积一般比较大，偶尔朋友们来访，大家就盘腿坐在炕上，炕中间放一个小桌，大家围着小桌喝茶、聊天，连饭菜也会在煮好后端来摆在这小桌上。炕的一侧，是我去山外的小镇买来的木制衣柜，用于放置衣物。这就是我的卧室了。

小院最右侧的房间，则被改造成厨房和杂货间。这间房用竹帘隔开，一分两半：里面一半放不常用的物品，比如冬天用的炉子、洗衣服的盆子等；靠门口的一半则放了做饭用的锅碗瓢盆和煤气罐，一侧放了用餐的桌椅。

整个房子里，最引人注目的就是那尊坐在木制底座上近一米高的佛像了。我并非宗教信仰者，当初请这尊佛像，纯粹因为觉得它很美。将它搬移到小院的那天晚上，我抱着这陪了我两年的佛像走在通向小院的没有灯光的路上。之所以在晚上搬移，是因为它个头较大，免得白天抱引人侧目。这佛像颇有重量，我没走几步就累出了汗。小路两侧都有石头，不便放下，我只好抱着佛像蹲下，让自己歇口气。抱着佛像蹲在这片黑暗里，某个时刻我在想，这尊当时纯粹因为觉得好看而请回来的佛像，于我究竟有什么意义？无意间，手机光扫到佛像的脸上，那流畅的线条和肃穆的神情使我忍不住叹服：它真的好美啊。一刹那内心忽地柔软，升起敬畏。我明白了：这，就是它予我的意义。

收拾下来，房屋内部越来越变成我想要的样子。屋内物件很少，环视一周就可以数得过来。有习惯了城市繁华的朋友对我说觉得这屋内有些空落，建议再买些桌椅家具填满一些就更好了。而对我来说它则恰到好处。

想起很喜欢的法顶禅师曾写道：十年经营，搭建草舍三间，我一间，月亮一间，清风一间。江山无法入住，那就围绕欣赏吧。

我一度被这段小诗深深吸引。禅师邀请入驻他草舍的，是月亮和清风。而我从中感悟到的则是：生命基于物质，又可以超脱物质，与自然高度相融，达到生命本真的自足圆满。这是内心多么清净的人才能有的状态呀。

当下的我还做不到这样洒脱，还需要在这屋内放置各种物件让自己住得舒适，那就让禅师的精神成为自己前行的方向和明灯吧。

禅

清晨醒来，一朵花开了

屋内建设大致完成后，我第一时间进城买了各类花草种在院里。爱种花，是我一辈子都戒不掉的瘾。有了小院，自然不会错过种花的机会。这山间小院虽面积不大，却已经使我为可以亲手种花而感到满足了。

首选自然是月季。以往并不喜欢月季的，总觉得它太过平常，哪里都可以看到它，花朵颜色大多也俗艳。有一次偶然走进花卉市场，被一种外形好似茶花的花种吸引。走近观察，它颜色是淡淡的粉白，花形微微内收，在一片热烈里，它微微颔首的内敛瞬间让我心生喜爱。

问商家：这是什么花?

商家答：是月季。月季的品种很多，这个是龙沙宝石。

原来，不是月季俗艳，是我自己没将人家看全，只以自己当下有限的视角去评判了。这真让我为自己以往对它的误解感到惭愧。

再往里走，竟还有淡绿色品种。商家说，这个品种叫绿星。

欢欢喜喜地选了十几盆，全部请回家。一米多高大株两百元一盆，三四十厘米小株二十元一盆。觉得大株的太贵，但最终还是咬咬牙带回了两盆。一起带回的还有几盆铜钱草、两株玉簪花、几株兰花、几株绣球花。这些也都是我的爱。兰花的外形是一直钟爱的，很难想象，几片细细的叶子里竟存有如此诗意的韵味，更别提它花朵盛开时那迷人的幽幽清香了。

找了空间大的面包车拉运，一顿奔波，终于把它们运到山里。车停到不能再开的路边，再自己步行一盆盆抱到小院里。种花的器皿是几天前就选好的。我素来不喜欢塑料制品，怎么看都觉得扎眼，小院内外能看到的塑料制品，数个遍也不超过五件。塑料花盆虽轻便，自然是不会选它。游山时，从农家购入的弃之不用的石槽则是上选。那石槽外形又笨又厚，被时光打磨得朴实无华，盛了清水，将铜钱草放入，石槽的拙朴和铜钱草的张力相得益彰，使整个画面瞬间活了，每天都忍不住去多看它几眼。兰花，则是用瓦罐栽种。那瓦罐外形简单却不失秀雅，装些土放进去，便是天然的花盆了。

月季，则是紧挨着竹篱笆种下。从友人那里听来一个养花的秘诀：种花时，挖的土坑应比正常的深一些，在花种入前，取些树林里的陈年腐叶垫进去踩实，再将花种在上面，这样种出来的花都开得极其旺盛。每一株花，我都这样种下来，确实比直接种下的情况好很多。

剩余的地，开了荒，种下近二十种的菜，就没有多大的闲余了。在角落撒了些格桑花、矢车菊……游山时，也从山坳间请回了一些野生鸢尾花和野生百合。我对那些生命力强的植物更容易产生感情；那些柔弱娇贵的，留在它们需要的温室就好。

我在某个清晨醒来，推开门，阳光已洒满小院。转头一看，一朵粉粉的花儿伴随着阳光悄然盛开……我立在它面前，望了它好久，心中升起满满的感动来：眼前的这朵花儿，蓄积了多少力量，努力地成长，终于迎来这一刻的盛放。而我与它之间，又有着怎样的缘分，千千万万的花朵中，偏偏分享到了它的芬芳。我并没有为它们付出过什么，却收获了这么多它们所带来的美好。

李白曾写道："花间一壶酒，独酌无相亲。"其中落寞不言而喻。我忍不住猜想：诗人所观到的花儿们，大概并非自己亲手栽种的吧。若是自己亲手栽种，见到花开，早已满心喜悦，哪还有时间去落寞呢?

竹林里的厕所

历时一个半月，房子主体建设完成了。接下来开始建厕所了。

没想到，建厕所的难题一个接着一个。选址是个难题：厕所建竹林外，来回太远了；建院子中，难免会有异味；建竹林里，竹根紧密，挖蓄粪池会十分艰难。看来看去，也只能用主屋左侧的猪圈改建了。那猪圈用石头砌起了一米高，过了近二十年，仍坚固地伫立着。

位置确定了，新的问题来了：如果在猪圈旧址建厕所，排水怎么解决？清空粪池怎么解决？

作为实验，将粪池挖好，倒满水进去，第二天水竟然全部渗入地下。这说明这里泥土的吸水性很好。于是，将蹲便器直接放在粪坑上。蹲便器做成固定的，而另一半，用可移动的厚铁皮盖上，随时可以揭开清空粪池。

这时，问题又来了：一米高的墙体高度不够。如果用石头加高墙体，需要极大的力气才能将石头抬到已有墙体上，这对我而言是不太可能实现的；用砖头，则需要从山外运到山里，再从小院下方人工背上来，运输成本太大。有人建议用时下农村最流行的彩钢房，可我对那颜色刺眼的现代物品着实看不上眼。看着扎篱笆剩下的竹竿，我心想：为什么不尝试用竹竿呢？

而这时要面临的问题是：石头和竹竿，这两种不同属性的物件如何牢牢地固定在一起？

于是，便想到了水泥。先将石头墙的三面墙体修缮到一样高度，接下来

将竹子像扎篱笆那样竖立在石头上。这时，最重要的一步来了：在竹墙和石头墙接壤的地方倒上和好的水泥，水泥一干，竹墙自然就固定了。

接着，用灰色石棉瓦做屋顶，再用竹杆扎一扇门，一个素朴的、简单实用的厕所就完成了。我又买了一个轻便的可移动洗澡机放在一角，这样，入厕、洗澡，山居生活的两大难题一并解决了。

院子里有一个放置多年的水缸，把它放在厕所门口，盛的水可以用于冲洗厕所。我从荷花缸里移了些浮萍和几条小鱼到水缸里，每次从厕所走出，到缸边看到绿色的浮萍和游动的小鱼，也是让我心生欢喜的一个细节。

就这样，我有了一个用石头和竹子建构的厕所，它隐在竹林下，保持了最原始的外貌和使用方法。或许因为亲手建设它的缘故，在我眼里，它竟也成了一处美景呢。

认真生活，就是亲手种菜亲手做饭

每个人都有一个属于自己的与生命连接的通道，有的人是读书，有的人是交友……我与生命连接的方式曾经是行走，从一个城市去到另一个城市，从一个国家去到另一个国家。如今，是在这深山小院里，开一片菜田，俯身土地，认真种菜，再用亲手种的菜认真烹煮每一餐。大自然的四季更替里，我是一个扛着锄头俯身耕种的人。

在我看来，种菜的过程不只是一个体力活，还具有一种生命的美感：一个生命在认真地播撒另一个生命，一个生命借由另一个生命开始萌芽绽放，两种不同的生命个体，彼此照应，彼此滋养。这跟在超市买菜、在餐馆点餐是完全不同的感受。从开始拿起锄头开荒、把种子埋进土地、看着它们一点点发芽长大时，那份连接就逐渐产生了。

还记得几个月前晒着大太阳骑车去镇上买菜苗，回山时绳子松了，连筐带苗掉在了路上，好几棵菜苗瞬间折断，把我心疼坏了。放回筐里重新捆紧，拿回去赶紧埋土里。几天后，那几棵折断的竟都活了过来，真让人佩服它们的生命力。也忘不了开荒时手心里近十年的老茧愣是被磨掉的尴尬，去小溪里打水浇菜时被两边的草绊住打湿鞋子的窘迫，还有偶尔外出游山，归来看到猛长的草覆盖菜地时的无奈。我称不上是合格农人，邻居们纷纷给自己的菜田上肥时，即使有的菜长得瘦弱，我也让它保持自由生长，没有施加化肥或农药。

庆幸的是，我种的菜们像我一样顽强，它们善于在野蛮无助的状态里依旧保持昂扬向上，即便遇到了我这个不善打理菜田的人，也依然回报我以果实。所以，每每我踏进菜田的时候，心里不止有收获的喜悦，还溢满了虔诚与感恩。

今年，我种了近二十种菜。小白菜、空心菜、西红柿、茄子、豆角、黄瓜、荆芥、南瓜……这些常见品种是必种的。小白菜是所有菜品里生命力最强的，空心菜沾着满身泥土破土而出时，它已经长到可以采来下面条吃了；豆角和黄瓜持续收获的周期最长，收获了一波又一波，吃不完的我会将它们晒干，留到冬季再吃；芹菜的脾气很古怪，我连续三年撒了芹菜种子都没长出来过。

有时朋友们来小院，我会直接摘几颗西红柿或几根黄瓜给她们，清水一冲，不用切不用拌直接吃。然后我就听见她们哇哇叫着：天哪，怎么这么好吃！我第一次吃到这么好吃的西红柿。

辛劳种植的过程，也是自己与大地连接的过程。植物吸收的天地精华，也以最直接的方式回转到我的身心。而都市生活，这重要的两个过程都被屏蔽了。

烹煮食物时，所用的餐具也是我精心挑选的最爱。日常生活中我很节约，唯独在餐具上很舍得花钱。明末散文家张岱有一句颇为自得的名言:“人无癖不可与交，以其无深情也。”我的癖好之一就是收藏自己喜爱的餐具了。对烹煮食物的过程我也有着自己近乎偏执的小癖好：不喜欢在外就餐。有时去市里办事，宁可饿一段时间，也要忍着回到山里后自己亲手下厨。因为我认为，烹煮食物时，食物制作者的心情和能量也会传递到食物里。城市餐厅里的食物传递给我的感受大多为凑合、焦躁，每次吃完整个人反而觉得不舒适。我相对喜欢的是寺庙中的斋饭，出家人的心境大都平和慈善，每次在寺庙中就餐便没有在城市就餐的不适感。

我不知这是真实存在的，还是我个人的心理投射。但可以确定的是，我时常宁愿挨饿一两个小时也要等到回家后自己亲手做饭，这个习惯我已坚持了好几年。

回到小院，拔菜、清洗、开火制作，直到那纯然的、沾染着大自然气息的食物在口腔里流动开来……那一刻，心满意足。

依靠着自己双手的劳作，种植出不同的蔬菜，顺应四季变化去生活，认真做好每一餐饭菜，是我珍惜生活、连接生活的最佳方式。

入世的狗，出世的猫

经历了好几次我在房间低头看书，突然有村民踏进房间大声说话被吓到后，我决定养一只狗。这里的村民，从来没有敲门的习惯，他们进房间只为看看这个新搬来的人家，或来借一下电锯等物件。到我客厅有两道虚掩的门，但对他们来说门是没有意义的，白天把门锁着也不太合适。想到最好的办法就是养只狗，这样有人进院子时，就可以有一个提前告知了。

在山间，自然是养土狗最佳。土狗皮实、稳重，是看家的一把好手。寻觅已久，终于在游山时遇到一个古庙里的母狗下了一窝小狗崽，两个多月大，刚适合抱养。土狗大多黄黑色皮毛，而这只狗全身洁白，这使得我对它一眼相中，为它起名小白。小白初到小院时对我颇有抵触情绪，每当我靠近它，它便跑远几步，然后扭头对着我汪汪低声吠叫着，那神情，活脱脱像个与夫家闹别扭的小媳妇，大抵是它在怨我将它从兄弟姐妹中带到这个陌生之地。我设身处地一想，这事确实是怪我。但又能怎样呢，狗儿的生命便是如此，我不将它带走，也终会有人将它带走。既然相遇一场，我唯有好生待它以示诚心了。狗粮及时端上，清水随时添满，看它费劲地跷着后腿给自己挠痒时，凑近一看，皮毛里竟成了跳蚤窝，随便一翻就看到二三十只跳蚤在其中乱窜的身影，于是赶紧蹲下帮它捉跳蚤……这狗是能感受到你的情感流通的，没过几天，它便不再对我吠叫，时不时向我撒个小娇。它终于是认我、认这个家了。

买了狗窝放于门外的竹子下，便是小白的主要活动场所了。它也敬业，每每有人路过门口都会第一时间吠叫两声。如果是路人，吠两声就停；如果是来客，则一直吠着，直到我出门探望，然后对我开门迎接的人摇起尾巴以示友好，像完成一次引以为豪的壮举般欢悦。它尽心尽力地守着自己的岗位，从未懈怠。偶尔我做事情入了迷，忘了给自己做饭，也忘了给它添狗粮，它也不恼不怒，照样对我忠心不贰。这忠厚的品性，让人想对它不好都不行。也使我反思自身的惰性和小气——平常若是谁惹了我，我不记恨个三五天才怪。不得不承认，在靠谱程度和度量大小上，有时狗比人做得好。我也是欣慰，我与小白之间总算进入了良性循环的状态。

接下来，我总是被夜间乱窜的老鼠吵醒，不得安生，首先想到的解决办法就是养只猫。恰好相邻山头的道观里有只老猫生了一窝猫崽，长到两个月大时让我去挑选。这窝猫崽生了六只，三只黄的，一只黑的，两只黑白黄三色的花猫。我一眼看中了花猫中的一只。所有猫兄妹里，属这只花猫眼神最清亮。它全身花色，而脸部却正好一半白色，一半黑色，我为它取名小花。道长们说：你倒是会选，选了其中最有道相的一只呢。

我问：为何说它最有道相？

道长回：你且看它的脸部，白中有黑，黑中有白，这寓意着阴中有阳，阳中有阴，这阴阳和合不是道相是什么？我方才明了。于是，和道长一起开玩笑说：小花啊，如果哪天飞升成仙了，可别忘了我们啊。众人听罢皆开怀大笑。

这小花不愧是最有道相的猫，到小院第一天就跳到我肩头一屁股坐下，丝毫不拿自己当外人，这反倒让我为自己平常与人相处时不由自主的拘谨模样而感到惭愧：我若有小花这般洒脱就好了。

然而，和小花的相处也并非顺利。没过两天，我闻到自己房间频频有异味生出，点了艾条也不管用。在打扫卫生时猛见衣柜底下的角落里躺着几坨黑色物，离近一看竟是小花拉的屎。我怒气冲冲地将在院子里晒太阳的它找来拎到衣柜旁，指着那一坨坨臭屎发出警告：小花，这里是我的私人空间，以后你不可以进这个房间，更不可以在这里拉屎。今天咱们将这界限说清楚，你如果再犯，我必不同意。

这小花好像知道自己犯了错，低声喵呜了两声就低下了头。我自然也不忍再训它。

这场交涉是管用的。果真，从此以后小花再没进过我房间，偶尔进客厅溜达，一到我房间门口便停住了脚。

小花对小动物甚是好奇，来院子的蝴蝶、蜻蜓、蜘蛛、蛾子，它都能追逐着玩耍半天，有时没虫子就自己寻个土块推来追去，真是天生的乐天派。每每看到它全然自在的样子，我都会忍不住笑了起来。有时，它也是有脾气的，院子一侧一米多高的石头墙是它最爱去的地方，经常一待就是一整天。我过去寻它，它竟一副爱搭不理的模样，似乎在说：这是我的地盘，你不要跨了我的界限。

于是，我连忙退出。人家猫都遵守了我的界限，我怎能去冒犯它的界限呢？自由的前提就是自律啊，看人家小花做得多好。

我还未亲眼看到过小花捉老鼠，但说来也怪，自从小花来院子后，晚上再没老鼠打扰睡眠了。

小花小白之间的关系也是有趣。两个家伙最初相遇那几天简直是如仇家一般，一见面，小白就对着小花狂吠，小花也对着小白竖起尾巴发出呲呲的威胁声，我怎么劝都不管用。直到有一天晚上，我睡觉关门前忘了把小花放房间，第二天醒来，竟发现一猫一狗相互依偎着睡得正香，这画面颇使我有“母亲终于盼到自己闹矛盾的俩孩子和好如初”的欣慰感。从此以后，它俩竟再没像以前那样紧张对峙，每天像好兄妹般互相追逐玩耍。

想起以前没养猫养狗时，如果不是有朋友来，我可以连续多天都不开口说话，而现在，有了它俩，每天似乎都有说不完的话：它们扯我花草干坏事，或者撕咬打架打激烈了，我便出去吼几句；它们跑来亲近求安抚了，我便停下手中活计，抱着它们摸摸头。有时云游外出，便将这一猫一狗也带上，游山也变得愈加有趣起来。

回想它俩带给我的感恩，不由得感慨：入世智慧当学狗，出世智慧当学猫啊！

母亲在小院的日子

回忆过往，我与母亲的关系并不像大多数人那般，一提及全是温暖的画面。

在我幼时，母亲尚且年轻，她身材瘦高，眉眼间颇有几分好看，但性格却孤僻且固执，时常因琐碎小事而心生怨气。每每她生气时，便阴沉着一张脸，任谁劝说也不为所动。我想靠近她，想尝试让她开心起来时，她一把将我推开。我只好远远躲在一边，满心的不解和委屈。对幼年的孩子来说，母亲就是半边天，而我的天空时不时就有乌云黑压压的僵滞。每次她生气，这样的情形都要持续三五天。好在父亲比较包容，每次都主动赔礼道歉说好话，母亲才慢慢恢复正常的脸色。虽然，我和姐姐一致觉得大多时候并不是父亲的过错。

母亲和附近邻居家的大人们关系也不好，时常埋怨别人太刻薄。于是，她就下令禁止我与邻居们的小孩玩耍。邻居家的小孩们仿佛也收了各自家长同样的指令，不约而同地与我画清界限，不再来找我串门，三五成群的他们看到我就远远躲开。这对一个初打开心识、开始认知这个世界的孩子来说，简直是天塌地陷的不解和无助。我的整个童年和少年时期，都被难以承受的孤独包围。长到九岁时，父母外出工作，我开始了长达五年被轮流寄养在各个亲戚家的生活。这其中的绝望滋味，只有相同经历的人才会知晓了。

一系列的经历，致使我在十六七岁青春期的时候无比反感“女性”这个角色。我讨厌她们总是情绪化，讨厌她们太过软弱总是哭泣。尤其是班级里的女同学们天天沉迷于追星和八卦，在我看来这种行为肤浅至极。那时的我

整日穿着偏男性化的衣服，拒绝一切带有女性色彩的东西。

十七岁那年考大学，父母不同意我将来学喜欢的美术，我索性破釜沉舟直接弃了学，跑去学自己比较感兴趣的摄影，当了一年的摄影助理，十八岁那年去北京应聘成为了影楼摄影师。直到二十岁，开始厌倦影楼的模式化拍摄，索性辞职，买了台相机在全国各地行走式拍摄。如果说童年时期我为自己的孤独感到慌张和可耻，极力想融入四周群体，那么青少年时期的我，则主动放弃了与群体相融的诉求：当初人群不需要我，如今，我亦不需要这人群了。曾经内心的伤口，已然蜕变成盔甲。

行走其间，我那破碎的自我慢慢愈合，我拍摄着不同的女性，记录着不同的故事，见证着不同的内在，才化解了以往对女性的偏见。我终于知道，她们容易情绪化，但也心思细腻；她们会被自我局限，但也勇于成长和探索；她们看似柔弱，却也可以迸发出无尽的生命力量。渐渐地，我对“女性”这个身份有了新的解读，“女性”逐渐成为让我内心升起敬重的词。

行走生活让我品尝到自由的滋味，工作和经济的独立让我逐渐恢复自信。而我与父母的关系依旧带着对峙的意味。我期待他们看到我的努力，给予我肯定，可是他们都没有。经由不停地看疗愈书籍，我终于明了：我那从不认可和赞美我的父母，他们亦从未得到过他们父母的认可和赞美啊！向一个不知被认可是何滋味的人讨认可，那是自讨苦吃。你可以选择不原谅，继续怨恨下去，而这样做的唯一意义就是延续你的痛苦。

人生的设置也是有趣：人人都想追寻幸福，却又都死死执着于过往带来的苦痛不撒手。切断这痛苦轮回的唯一方法就是接纳现状，自我负责，让自己成长起来。

我开始主动与父母联系，给他们寄各处的特产，每隔两三个月，就回家小住几天。我们之间的相处模式在悄无声息地改变。

2013年，我停下行走，留在终南山过山居生活后，父母知道了也并没有特别强烈地反对。大概因为他们已经知道自己的女儿有多么自立，大概因为他们已经知道自己的女儿有多么坚强，大概因为，他们已经认可了这个与他们预想完全不符的女儿 。

很多人问我：独居在这山里你不怕孤独吗？我回答：不怕。他们不知道，我曾经历过近二十年比山林独居还要孤独的时光啊。

而山中的独处生活，则使我有足够的时间与自己的心灵去对话。我对大自然总有一份超出常人的感恩。看到花草的强韧，我体验到生命的顽强；观察山中四季的变迁，我看到生活的无常。山川草木的诗意，滋养了我的身心；山居生活的不易，教会了我珍惜。我将大自然奉为终身崇敬的导师。内心深处那硬撑起来的盔甲，也磨去了刺眼的锋芒，沉淀为愈加赏心的模样。

而这时，我的母亲，竟也开始每年抽空带着小外甥来到我那堪称简陋的山间小院陪我小住。早已习惯都市便捷条件的她，竟没生出一丝嫌弃。每次来小院，拔草洗衣修葺房屋，她都抢着帮我干。寻到这处新的小院后，院子的墙体因为修建窗户砸了很大的洞，新的窗户还没制作完成。入住的前几个夜晚，我们白天加紧建设，晚上住在这墙体破洞的山间土房里。半夜醒来，透过外面恍惚的月色，我望见身旁母亲熟睡的脸。幼年记忆里那似乎永远削瘦的脸已变得圆润很多，那脸上的皮肤已明显松弛，曾经纤瘦的身体已呈现出更年期女性的普遍特征。她的外在似乎没有以前好看了，但内在却逐渐显现出一个母亲应有的模样。我知道，那个曾为我童年带来过伤痛、不知关爱为何物的母亲，已然与我一样成长为了新的自己 。

我想伸出手抱抱她，但多年不曾有身体交流的习惯，让我始终没有伸出那只手。但我知道，我与母亲之间，那堵横亘多年的心墙，早已消融。在这深山的陌生环境里，她睡得很安稳，我亦没有一丝不安，反而有着无比的笃定和安宁。因为我们知道，我们有彼此在身边啊。

第二天一早，我问母亲：来山里这么多次了，你习惯了吗？母亲说：不习惯。要说话都没个人，要散步只能爬山，要买东西都有钱没处花。

我正要安抚她说明天咱们下山逛超市的时候，母亲望着我说：但是，这里有你在啊。

我转过身，借故去追院外跑远的小花猫，生怕她看见我眼中那止不住溢出的泪。

院

第二章

一花一物都是诗

翻山越岭去喝茶

在终南山，如果有人说带你去邻居家串门喝茶，千万不要以为是城市里那样出了门转个身就到了。这里的“去邻居家”，极有可能是花个把小时的时间翻山越岭到另一个山头。谁让终南山大呢，大到邻居不是以房子的相邻而定，而是两个人房子所在的山头相邻，那么他们就算是邻居了。

山居者，大都爱茶，不同性格的人热衷于不同的茶。性情醇厚的，多喜老白茶、岩茶等气息浓郁的类别，性格淡泊的多喜绿茶等清雅的类别。不同的人，煮茶的方式也不同。习惯方便的人，会选择操作简单的电水壶烧水。稍微讲究的人，会亲自引火烧一壶柴火水。虽然只是一个细微的差别，柴火烧的水似乎总比电水壶烧的清甜很多，大概是柴火燃烧过程中草木的清香也传递到水里的缘故吧。而我，似乎一直童心未泯，最爱的，却是将山间各色野花采来泡成花茶。

春季时，桃花开了，邻居们谁家院子四周桃花多，便翻山越岭去谁家。三五好友搬了小桌和蒲团，提了热水壶和茶具，采几瓣桃花放茶壶里，热水淋上，花瓣漂浮在水里的模样甚是叫人心动。几秒过后，粉色桃花变成透明色，便可倒入杯里饮用了，那水竟有桃仁的清香之气，这就是最简易的桃花茶了。春日阳光教人慵懒，在桃花林里，感受着阳光，看着花瓣随轻风飘舞，恍惚中觉得此情此景不似在人间。只是，桃花性寒，尽个雅兴即可，不宜贪杯啊。

夏季时，当属荷花最美。因为深爱着荷花，任凭它霸占我生活的各个角落：桌案上，摆放着荷花做的插花；每天清晨熬米粥时，放几片花瓣在粥里，粥的软糯混合着荷花的清香，总让人忍不住多吃一碗。蒸馒头时，荷叶成了最佳的笼布，碧绿色的荷叶上放了刚揉好的面团，柴火烧起，透过透明锅盖，看到馒头慢慢变得饱满，待熟透后，馒头底部也烙上了荷叶好看的纹路。麦香混着柴火香弥漫到整个鼻腔，让人忍不住感叹：多么美好的人间烟火。

每到荷花季，我总会去山脚下的荷塘成捆地买入荷花，除了自己用，也送山里的邻居们。如若去采荷，则要趁清晨，采那些还未完全开放的花苞。在中午炽热的阳光还未到来时就启程出发，抵达邻居家时用盛了清水的罐子装好，不一会儿，那荷花便亭亭绽放了。 这样的荷花，放在室内至少可以开三五天的时间。

我曾在书中看到，古人会在晚上荷花即将闭合时放一把茶叶在花心，第二日荷花重新开放时取出茶叶，配山泉水煮茶，那茶竟会自带荷花的清香。我把这个信息分享给山友们，被我送予荷花的山友们，也纷纷效仿这个做法。这源自古人的创意，得到大家一致的赞叹。

而到了秋季，则满山遍野均是野菊花。野菊花泡茶喝有清火安神的妙用。在它盛开时，我常常约了山友，一起拎着筐子四处寻它。除了自己泡茶，也可以晒干后分装成包，隔日去镇上快递给远方的好友。这时，山里的野核桃、野板栗都熟了，这些野果是喝菊花茶必备的点心。据说有的人还用晒干后的野菊花制成枕芯，每每入睡前，都可闻到它的清雅香气。

冬季的终南山，时常被大雪覆盖，没有花可以煮茶，那就煮松针吧。一把松针用泉水清洗，放铁壶里，不一会儿，满室松香。今年三月，又一次天降大雪，我脑海中产生联想：用雪水煮茶会不会更好喝？于是约了山友一起在雪地里煨雪煮茶。踩着咯吱作响的雪奔赴深山后，筋骨被活动开，全身发热，寒气已消失了一半。

山里松树很多。松树和竹子是冬季为数不多还保持着绿色的植物，所以，找寻松针是很容易的事情。找一片白雪洁净的地方，再搬了小桌和蒲团，提了炭火和茶具，舀一小筐雪，慢慢添至下方点了炭火的茶壶里。壶里的雪渐渐化掉，再添新的雪进去，直到雪水化到壶的七分满，将水烧开后将松针放进去，至松针香气弥散开来，这聚集了天地灵气的雪水松针茶便成了。

那雪水的甜和松针的香，再有一点茶壶下的细微炭火，足以抵御所有的寒意了。煨雪煮茶，是单调的冬季生活里最有趣味的事了。

偶尔进城市，也少不了找朋友喝杯茶。只是，不管城里的茶有多高端，泡茶人手法多专业，总觉得还是山里的茶香一些。

有一天，我又一次翻山越岭去邻居家喝茶，走到半路被眼前的美景感动得一言不发时，我突然明白：茶，还是那个茶，而在翻山越岭的过程中，我的感官系统被大自然的美无声滋养着，我的内心是无限敞开且放松的，这些都是城市里不可能有的真实体验。

而那杯茶里，除了有水和茶叶，还有山间清风的抚摸，有山中阳光的祝福。重要的是，也只有同在山间的人们，才会懂你为何会为一杯茶翻山越岭，会陪你为一杯茶“大费周章”。这些，可能都是在都市的人无法理解的。

这一切细微因素的组合，恰好就形成了山中不同的茶气，刚好洗却为那杯茶长途跋涉的疲倦。

于是，我怎能不对山里的那杯茶感情更深一点呢？

尺八缘

清幽的山居生活里，鸟叫声、虫鸣声、流水声，是最常听到的声音。有时我也会播放音乐，其中最多的就数尺八曲。

在一次与友人的闲谈中，我首次听闻“尺八”这个乐器名字。当时并未上心。又一日，无意间听到一支曲子，那曲调瞬间抓住了我的心神。点开曲名，搜索曲目相关信息，才得知它是由尺八吹奏而成，从此对尺八的声音念念不忘。

记得四年前，有几天正好离开山去了珠三角地区，听闻有一位叫佳翁的人钻研尺八多年，将在广州举办一场关于尺八的分享会，于是立刻赶往。那是广州闹市一角的一个书店，约有一百人前来听这场分享。窗外车水马龙，而佳翁老师吹起尺八时，我感到一切喧嚣都静止凝固了般。空灵细腻的前奏后，一阵狂风嘶吼，风沙骤起，而转瞬间，一切又缓了下来，音色变得越来越纯，越来越轻。我的意识仿佛跟随着它从这最嘈杂的广州城飞越到一片亘古的悠远之境，那里有高山、清溪、鹤鸣……清幽得不似在人间。

尺八，是源于中国的乐器。它外形与箫有些类似，音色却比箫辽阔宽厚。它在唐代传入日本，后来箫、笛等乐器逐渐占据尺八的地位，尺八在中国几近失传。随着国际上尺八的流行以及日本尺八界到中国寻根，各式尺八逐渐传回中国。

曾想过学习尺八，也向周围做乐器的朋友打听过学习它的途径，但得到的相关信息甚少。尺八制作非常复杂，对选材要求甚为严格，一大片竹林能有

一两支作为选材已经很幸运。而学习尺八的过程更是艰难，需要极大的耐力与定力，还需强劲的身体内力，因为吹奏时需要稳定的气。我想，尺八之所以这么饱含深情，正因它的成音来自吹奏者的“肺腑之气”。那股“气”由吹奏者的灵魂深处而来，借由这支素朴的天地灵物，化为抚慰心灵的天籁之音。

而我整日潜心文学写作，学尺八似乎有些遥不可及。可虽不能吹，还可以用心去听，去感受。

我从未听过哪个乐器可以如此这般，有着大地的厚重和深沉，又有着风一般的轻盈和灵动。总有人将尺八与古琴和箫做比对。在我个人感受里，古琴，是庄严肃穆的，像是良师；箫，是温婉可人的，如一位益友。而尺八，则是在荒芜世间踏过满目疮痍，走过一路苍凉，却偏偏又在衣角处携了一卷清风。它的每一个乐音，都裹挟着我灵魂里的笑与泪，喜与悲。尺八，它像是一个功力深厚的巫，单刀直入到灵魂深处最隐秘的那一隅，给予指引和洗礼。

在尺八诗一般的音色中，我已然遇见了自己。

我有一只碗，很美的碗

作为对都市人热衷的奢侈品无感、不逛街不聚餐、无需任何娱乐消费的山居者，我有个偏执的爱好：淘喜欢的餐具器皿。在无意间看到网上手作器皿店的一只碗时，我两眼放光：它真的太美了。古朴的造型，温厚的质感，完全吻合我对美的鉴赏诉求。再一看标价，立刻惊呆了。虽然我银行卡里的数字足够支付它，却总觉得付出三位数的价格去得到一只碗太过奢侈，心想：等哪天它降价了再买吧。

于是，它就躺在我的购物筐里，一躺就是半年。小院建设太过劳累，决定买个物件犒劳自己，才终于咬咬牙将它买下。几天后快递到达，我下山去镇里取到它。打开包裹，它如图片中一样温厚、朴实，我把它捧在手里，内心泛起喜悦的涟漪。那种喜悦，不是购物欲满足后短暂的快感，而是像重逢了生命中温暖的旧友一般。

接下来的每一餐，我都用它盛装食物。那段时间小院建设继续着，其间搬砖、运料、和泥巴、刷墙……整个人每天灰头土脸，房间里外一片乱蓬蓬，但每当就餐时间捧起那只碗时，困顿感消散了，幸福感瞬间来临。红色的胡萝卜、绿色的青菜、白色的粥……不管什么食物，只要用它装着，哪怕还没开动，都已觉得心生欢喜。捧着它在手心，食物的温度透过它，传递到手掌，再传递到内心，阵阵暖意充溢身心。

我甚至有点后悔，为何没有一开始就把这件美好事物请到我的生活里，非要一番等待折腾后才确定拥有呢？透过深度的自我觉察，我发觉：我内在有深深的不配得感。

我问自己：你究竟想要怎样的生命经验？将自我追寻到极致，还是庸庸碌碌地与真实的自我遗憾错过？我们每时每刻的选择都是在经历生命，你是选择持续的不配得感和恐惧，延续旧有模式，还是选择带着爱去如实追随自己的内心所想？小到一个吃饭用的碗盘，大到一份职业、一种想经历的生命状态……你要么错过，要么去追寻。而你自己，就是生命内容的决策者和创造者。

日本茶道大师千利休说：只有美好的事物能让我低头。他发现着万事万物的美，乃至将其升华为生命之美。而此刻，我对自己说：我愿追随一切美好的事物，愿为美好的事物放下自己的恐惧感，扔掉自己的不配得感。我不再讨好、不再迎合，我的生命只有一件事：发现美，感知美，创造美。

小院基本建设初步完成，好友来终南山小聚，我们一起布置房间：洁白的窗帘、竹制的灯具……当然，还有已经可以安然放在案上的一盘一碗，这一点一滴都是我内心所爱之物。闲暇时刻，我们最喜欢坐在院子里，面对青山，在碗盘里放些蔬果，再温一壶热茶。望着那些素雅洁净的物件，我对好友说：看，它们都如此地美，我们还有什么理由不让自己活得再美一些呢？

行走在大地之上

不止一次见到进山游玩的游客里，每当有小孩弯腰靠近大地想抓泥土玩儿时，总有大人一脸嫌弃地在一边狂喊：不可以玩土，泥土多脏啊！被大人训斥阻止后，小孩只能悻悻地离开。

每次见到这样的画面，我总对孩子有一丝同情。泥土真的“脏”吗？

我们喝的水，来自大地深层；我们所需的食物，无一可以离开大地的滋养；我们的日常生活，任何人都脱离不了大地的承载；百年之后，我们每个人也将回归大地……我们沉醉于花儿的娇艳，却忘了花儿的绽放有赖于汲取大地的营养；我们赞叹溪水的清澈，却忘了是大地将它过滤和沉淀。大地对人类有着无限的付出和悲悯。我们本应该敬畏它，臣服它，而如今大多数人只有对它的无视甚至嫌弃，更别提人类对大自然过度的开发和利用。洪水、地震、气候异常，这种种自然灾害的侵袭，都是在提醒人类停止对大自然无休止的破坏，否则只会自尝苦果。

小院的院子约有一百平方米，菜地占了约二十平方米，其余的地面有朋友建议我铺上地砖，这样下雨天就不至于到处都是泥土了。这一建议自然是被我拒绝的。就连屋内，我也保留了土壤的地面。我怎能切断自己和大地亲密接触的机会呢？

在太阳饱满的下午，大地被阳光晒得温热，我喜欢脱掉鞋子光脚踩在这温暖厚实的大地上。这使我感到无比地踏实和安定。我也曾平躺在大地上，将自己的身心完全交予它，再起身时，仿佛做了能量清理，所有的疲倦和不适都消融进大地的无垠宽广里，一股崭新的、鲜活的能量重新流动交替。

当今社会的快速发展，使人们向钢筋水泥的都市潮涌，曾经驻守大地的村庄大都只剩下风烛残年的老人，他们和大地一样，被年轻的人群遗忘在角落。

现在都市里的孩子们，吃土豆和萝卜，却不曾知道土豆和萝卜曾在泥土里汲取力量；吃苹果和梨子，却不曾知道它们在成长为果实前曾是娇嫩花儿的模样。人们嫌弃大地，生怕它弄脏了衣服；人们远离太阳，生怕被晒黑了皮肤……人与自然的连接变得稀薄，更别提从大自然里汲取美好品质或灵感了。

古代生活，没有现代文明的植入干扰，人们将大把时间放在对自然的探寻中。历代文人墨客，在山水间修养身心，探索人生，留下无数的千古绝唱。“行到水穷处，坐看云起时。”“落霞与孤鹜齐飞，秋水共长天一色。” 每每读到这些绝美的诗句，我不禁遐想：多亏诗人们生活在古代，如果是现代，爬山都靠缆车，一出门到处人山人海，哪还能有那般超脱的体悟呢？

都市文明，将衣食住行方便化、现代化，却也将人与自然隔离开来。大自然具有疗愈心灵的力量，远离自然的滋养，人类的心灵日益匮乏和空虚。

大地，应该像老人一样被敬重，像小孩一样被疼爱。

给自己一个机会，去拥抱大地吧，去感知大自然母亲的能量吧。说不定你也会和我一样，开始喜欢这行走在大地之上的感觉呢。

竹林听风

小院后方是一片竹林，小院下方是村子，我的小院是村子里位置最高的一户。小院的右侧，是一处山谷的凹口，每当有风吹起的时候，会从村庄的方向吹到小院，再由谷口流向更远的山间。于是，裹挟着村庄里各色声响的风便成为我了解外界的隐秘通道。

春季，整个世界从严寒中苏醒过来，山脉中的草木在努力地生长，半山腰时常有云雾在飘，竹林里的鸟儿们也开始了鸣唱。最先热闹起来的是村庄里的狗狗们。一只狗领先叫起来，很快，村子里各个角落的狗都跟着叫起来，高高低低，此起彼伏，每次惹得我家的小白狗也会跟着吠几声。我愣愣地听着，也听不出它们交流了什么。偶尔外出串门，发现村子里的狗们也三五成群地往一个方向跑，我不禁猜想：它们大概就是通过这声声吠叫相约出去遛山吧。人们相约，要打电话、发短信，而它们对着空气吠一阵就可以了，这倒也省事。

天气越来越暖，每天的清晨，可以听到孩子们互相喊着相约的声音。傍晚，会传来家长喊孩子回家吃饭的声音。野菜生长的季节，村中的主妇们便相约去山间采集野菜。她们拎了竹筐，一路嬉笑穿过竹林，向小院后的山林走去。待她们下山时，竹篮里已装满山间野物。

春季，吹到小院的声音和这青翠山色一样，浓淡相宜恰到好处，有一种不紧不慢的烟火气。

夏季，炎热天气预示着一个聒噪的季节到来了。城里的游客纷纷进山避暑，每到这时，山里的农户家纷纷变成了农家乐，为城里人提供餐食是他们的主要收入来源。游客的谈话声、划拳喝酒声，透过树林传到小院里，夹杂着农户们杀鸡宰鹅时鸡鹅的惨叫，让人听得心有余悸。有时农家乐也成了城里人公司培训的基地，高分贝的麦克风传出某个培训老师颇具煽动性的话语来，下方的员工们也鼓足嗓门回应着。导师是调动情绪的高手，极度煽情的言语，加煽情的音乐，不一会儿，下面的那些员工声泪俱下，做出慷慨激昂的保证。

伴随着烹熟后的鸡鸭肉香，村里的大喇叭声也传了上来。在这样的深山里，村庄里还保留着喊喇叭的传统，今天通知村里要放电影了，隔天通知有镇上领导来检查了……这声声喇叭提醒着我还正常地生活在人群里。游客声伴随着鼎沸的蝉鸣声将原本宁静的山村推上喧嚣的顶峰。我一度将这些声音视为山居生活恼人的存在，直到有一天我意识到，世间没有完美无缺的人，怎能苛责一片山林，奢望它有完全符合自己心意的完美呢。

从这声声杂音中跳脱出来的唯一方式就是保持觉知。他们吵闹他们的，我将注意力从对外界的关注转移回自己当下的一举一动，浇花时认真浇花，

做饭时认真做饭。当我保持觉知，那份聒噪竟再也影响不到我了。

秋季，喧嚣的游客逐渐减少，那对着麦克风嘶吼的培训声也终于消失了。这是个多风的季节，时常听到有风穿过山脉间隙，扫过山间的树枝野果，如果听到东西扑通落地的声音，那一定是小院外被风吹落的核桃、板栗或柿子。第二天一早，我拎了篮子毫不费力就可以捡拾出一整天的食物。深秋时分，总有几天，风吹得很急，怒号着从一个山谷到另一个山谷。而这时，有一份意外的惊喜：小院下方村子里，有一户农家养了一匹用于运输的马，日暮时，那马的嘶鸣声偶尔伴随着风吹树叶的沙沙声传来小院，那声音总使我畅想到远方，使我想要跟随着风去独自远行。漫山的树叶染了一层秋色，在这秋色与马鸣的衬托下，这座山彰显出一份深厚的古意来。

到了冬季，整座山都安静了。尤其是大雪封山的季节，游客进不了山，农户们躲在房间里取暖，可以长达半个月都听不到半点嘈杂之声。

大山一片沉默。就连我最爱的马鸣声，也变成沉默。偶尔有鸟雀跳到小院找寻食物，我每次都会留些米粮放在院子的空地上。心里极静的时候，我能听得到雪落的声音。与之匹配的，是柴炉里木柴燃烧的噼啪声。木柴的燃烧声大概是山居者在冬季里最迷恋的声音。偶尔，竹林里传来“啪嗒”一大声闷响，那是风吹动压在竹子上的雪块使之掉落地面的声音。这时，我喜欢独自去踏雪。穿好防水的靴子，背上相机，准备好拐杖，沿着山路向上爬，耳畔只有脚下咯吱咯吱的雪声与自己的呼吸声。经历漫长的攀越，爬到山顶，观望着脚下晶莹剔透的世界，和站在这天地之间一片寂静里的自己。

不知不觉，又有风声划过竹林。这一次，它想告诉我些什么呢……

清简过生活

小院的建筑面积不大，物品稍一多放就显得拥挤，这使我不得不重新审视自己生活中的每一个物件。是多余的，就送予需要的人，只留下生活必需品。如果有新的购买需求，不再像以前那么盲目，而会再三确认它对自己的必要性，确认自己是真的需求，还是贪婪心使然。购买之前，还要确认自己对所买的物件是真的全心欣赏，还是一时兴起。

曾经以为物质是决定幸福感的前提，这几年的山居生活告诉我这并非真理我很喜欢一条白色裤子，最开始只有一条时，每次穿上它都感到开心，即便

洗了，也期待它早些晾干，可以早点穿上它。有一天，干脆又买了两条一模一样的回来。终于能随时都穿它了，可它曾经带给我的期待感却直线下降了。终于明白，带来幸福的，是既不匮乏、也不满溢时恰到好处的满足感，以及那种满足感带来的珍惜。

生活需要留白。填充得太满，反而失去慢慢体味的耐心。这大概就是现代人幸福指数低的原因。有能力实现自己的欲求是一种能力，有能力看清欲求背后的真相，并做出正确的决定，不被欲求牵着走，更是一种智慧。

城市生活，电视里、街道上、商场里，到处都是商家的煽动性广告，到处都是诱因；而在山里，这些因素都自然地被屏蔽了，需求也就降了下来。物质，应用于满足我们内心的情感需求，而不是满足过剩的欲望需求。能准确地分辨出哪些是出自内心的真实情感，哪些是出自过剩的欲望，需要我们敏锐且诚实地去觉知自我。否则，我们会像被拴在磨盘上追着眼前的胡萝卜奔跑的驴子，终其一生都在填补内在匮乏的坑洞。

有时进城在餐厅就餐，看到很多人习以为常地满桌子丢弃剩余的食物，会感到心痛。物质社会的发达使人们轻而易举就可以收获食物，因为太过容易，所以就失去了基本的珍惜与敬重。在山里，每一棵蔬菜都要经历漫长的成长，每一粒粮食都灌注了大量的心力。没有水的时候，洗菜水要用来洗脚，洗完脚用来浇花。几年山居生活下来，以前爱乱买东西、爱浪费粮食的坏习惯被治愈了一大半。真觉得现在城市里的孩子们，应该有一段接触山间生活的体验，这样，城市里的每一份食物就都会得到应有的珍惜。

在有形的物质上，我们容易做出选择。在无形的思想上，更要谨慎选取。毫无营养的娱乐八卦有时是对生命的耗费，撕心裂肺的流行歌曲撩拨心绪。这些对我们内在智慧提升并无太多意义的事物，要与它们保持适当的距离。城市生活，物质条件便利了，我们的眼睛耳朵却时时被多余的信息充斥，城市里的人比山里人更容易浮躁和空虚，这与信息过剩有着不可分割的关联。

我已多年不看电视，不听流行歌曲。每天小院四周不同鸟儿的鸣叫，对我来说就是最好的乐曲。精神世界的日益清爽和笃定，使我不再依赖物质去填补自己的匮乏感。

客厅里，只放了一尊佛像，一个书架，茶几和茶具，几个花瓶和水缸，再无其他物件了。整个小院里最多的东西就是书。大约有两三百本。书架上放不完，便被我均匀整齐地摆放在榻榻米四周。卧室只有一个炕、一个衣柜，和写东西用的桌椅。因为东西少，每天打扫卫生很快就结束了，就有更多的时间去亲近植物和看书。

一位朋友来小院小住了几日，她返回城市后，我收到她的留言：祥子，你的生活方式对我触动很大。在来你小院之前，我每天都在打拼，满心都在想着多挣钱，多给自己买化妆品、买包、买衣服。这些年，家里衣柜早就堆满了，买的很多衣服吊牌都没摘，放在那里从未穿过，买的首饰也很多从未戴过。内心仿佛有一个深坑，怎么也填不满。来你小院之前，我从未想过生活可以过得这么简单且充实。你房间里东西极少，我却看到你与那些物品之间的交流，看到你使用那些物品时对它们的享受和珍惜。这使我决定开始精简自己多余的物品，和你一样，只留下自己最需要、最心动的。感谢你教会了我这些。

看完她的信息，我想象着她埋头整理、舍弃，身心内外日益变得简洁爽的画面， 不禁会心一笑。

别寻了，终南山早已无隐士

偶尔遇到社交场合，别人介绍说我在山里住了五年时，总会有人问：那你不就是隐士了吗？我赶忙纠正：不，我不是隐士，我只是喜欢大自然的普通人。

山居生活这些年，我延续了行走生活的习惯，每天用图文记录自己的生活。又有人对此很不理解：你不是隐士吗？隐士怎么可以上网？隐士怎么可以这么现代?

这更是让我一头雾水：我什么时候说自己是隐士了？这帽子给我扣得可真大。更有甚者，给我扣了一顶隐士的帽子后，借此大放批判之词，其中言论之激烈，情绪之愤慨，让人哭笑不得。

都市生活的快节奏运转使人们愈发感到内心的疲乏，物质需求满足以后，人们逐渐展开对心灵的探寻，寄情山水的田园生活成了很多人的向往，而隐士似乎成了人们内心憧憬的代名词。我小院所在的终南山在古代时曾有很多隐士在这里隐修，留下了很多人文典故。但隐士究竟是怎样的呢?

隐士最早出现于四千多年前的尧舜时代，指“隐居专注研究学问的士人”。百度百科是这样解释隐士的：并不是所有居于乡野山林不入仕途之人都可被称为隐士，那些向往入仕但却无机会无能力入仕之人不是隐士，那些没有文化的农夫樵子细民野老也不是隐士；只有那些能保持独立人格、追求思想自由、不委屈求全、不依附权势、具有超凡才德学识并且是真正出自内心不愿入仕的隐居者，才能被称为隐士。

四千多年后世界飞速发展的21世纪，民众的生活早已发生翻天覆地的变化。现在，选择栖居山林的群体已经由专门隐修专注研究学问的士人扩大到喜欢大自然的普通人、从山水间寻找灵感的艺术家、厌倦城市生活想换种活法的都市青年……选择栖居山林的人们生活方式也发生了极大转变，从古时的足不出户、不问世事，转变到现在一个手机就可尽知天下事；古时的隐士日常生活大多只是种菜写诗、饮酒作画，而现在的山居者可以驾车游山，可以尽情创作；古时的隐士通常闭门锁院独享一片清闲，而现在的山居者一键连接Wi-Fi就能与千里外的人可视化聊天，哪天心情好了，订张机票就能飞去地球另一边。古时的隐士耕种三分薄田够填饱肚子就可以，而现在的山居者可以通过互联网自媒体展示才华，实现基本的经济自由。即便是住在山洞里精进苦修的宗教人士，如今也大都离不开现代科技的便利。

随着时代的步伐，各行各业都有了超乎想象的飞跃。数千年前抬轿的脚夫已经演变成驾驶四轮汽车的司机，数百年前用刀剑护镖的镖师演变成荷枪实弹的武装押送人员。这种种时代的巨变，是古人想都不敢想的，如今却已成现实。

所以，我一直认为，此时此刻的21世纪，早已不是隐士时代，而是跟随内心回归自然的时代。回归自然、栖居山林不再只是隐士的特权。

很多与我一样追随内心、主动脱离都市生活的人，在山里过着素朴的极简生活，他们在不排斥科学发展的同时，也学习吸收着古时智慧的精华。即便融入了现代发展的便利，山居生活也有着诸多考验：房屋的修缮需要耐心，蔬菜的耕种需要身体力行，运气好的遇到好房东互相照应，运气差的隔三岔五就等着房东的为难，哪天小偷光临偷去你心爱的物件投诉无门时就看你内心强大程度了。耐得住寂寞的，自能体验山居清寂背后的曼妙，否则，你向往的清净只会成为难以煎熬的孤独。山居生活的这些年，我见证了很多叶公好龙的人兴致盎然地走进山林梦想去过山居生活，没过两个月就牢骚满腹地返回城市。他们只看到山居生活的美好，却不愿承担美好背后的付出。

对于能长久在山中居住下来的人，我总是满怀敬意。这是一群勇敢的人，他们能克服山居生活的各种考验，将艰涩过出诗意来。正因为他们的勇敢和坚持，所以也收获了大自然赋予的心灵滋养。

他们不是隐士，也从来没想要成为隐士，他们拒绝被贴任何标签，仅仅是选择了一种身心合一的生活方式。而如果期待在山里遇到如四千年前那般活着的隐士，也注定是要失望的。

所以啊，别寻了，终南山里早已无隐士。

相遇多年，他乡已然成故乡

出发回城市陪家人过春节的前几天，我依旧在游山。

如果你也曾见证过这座山的一年四季，你会发现山在不同季节呈现的气韵是不同的。

春季时，山与山之间有一层靛蓝色的“气”，它不是雾，更像是一层不易被发觉的光晕。我从未在哪本书上看到过关于它的说明和研究，所以一直不知它的学名。而冬季时，那层靛蓝色的“气”消失了，山与山之间总是灰蒙蒙的。山坡上树的叶子大都落光了，山路旁的草也都枯了，山间平时奔涌的溪流也缓慢了许多，有的地方干脆断流了。没下雪的时候，整座山都进入蛰伏状态，到处一片沉默。

即便冬季的山在其他季节的对比下缺乏了几分生趣，我也愿意去游山的。因为，不管季节怎样，这座山的气场始终都在。

“春节”是个神奇的存在，一到这时，平时车水马龙的城市便人去楼空了；一到这时，平时深居简出的住山人便大半回了城。

回城那天清晨，天微亮，只听到流水声和附近村庄的鸡鸣声，远处的山脉还没醒来。早早出门赶车，站在那熹微的晨光里，我清晰地看到自己呼出的气变成白色雾霭，看着它们集结、上升、消散……我是真心喜欢这样带着点儿清凉的早晨。而那刻，我不得不从清冽冽的山水间，转身到滚烫烫的红尘里。

春节期间，白天家人们都出去走亲戚了，只有我一个人在家看看书写写字。近几年的春节都是这样度过的。我与那些亲戚是没有太多共同语言的，他们最喜欢的是闹哄哄的吹牛和攀比。相比毫无情感质量的相聚和热闹，我宁愿选择独守一处的清闲。身体的细胞早已习惯了山的宁静，而在这城市，每天入睡前都要花一段时间去适应窗外的车水马龙声。少年时期每天骑自行车上学的林荫小路不知何时已被拆得认不出来；曾经常去的小店也没了踪影；我对都市娱乐的需求是零；作为上学时期班里最内向沉默的学生，跟往昔同学也早没了联系。除了与自家亲人血浓于水的亲情，这繁华而庞大的城市与自己是毫无关联的。

每次离开山去到城市，不出三天就归心似箭，我心中也逐渐知晓：住山久了，再难回到城市去生活，因为内心深处对大自然那诚挚的爱是钢筋水泥的城市所盛装不下的。

人人都在说故乡。对一个生来漂泊的人来说，“故乡”不是那个他出生的地方，而是那个给他灵魂以滋养、让他愿意停下漂泊的地方。

我很幸运，遇到了这个让我停下漂泊的地方。在与它相遇时，我像大海上空飞到筋疲力尽的倦鸟遇到了温暖的巢，像风中游荡的种子终于停落大地，开始深深扎根、触探土地、拥抱天空……我曾以为我只是它的过客，没想到竟是它等待着的归人，仿佛以往多年的风尘仆仆都只为与它相遇。如今，不管走到哪里，心都不会再慌乱，因为我明白有一座山它始终在等我。

望着窗外车水马龙的都市浮华，我没有再感到无聊。因为我知道，归山的日子越来越近了……

院

第三章

烟火人间

野菜生活

对于一个食素七年的人来说，食材可选的范围比平常人少了一半，对食物的兴致也一直平平淡淡，直到开始山居生活有野菜可以采食，吃饭也成了充满期待的事情。

小院的房屋以前空置了很多年，它四周可以种菜的土地也同样荒芜着，上面各类杂草交织错落，开荒是从清理杂草开始。别小看这不起眼的杂草，看似细小，可根系紧抓大地，有着一股极其倔强的力量。一块荒地开下来，手上早已磨了好几个泡。常年长满野草的土地，头两年种出来的菜都会很瘦弱。好在小院内外长着野菜，菜不够吃的时候，野菜就成了餐桌上的主力。

如果说迎春花是花中的“报春花”，那么荠菜就是野菜中的“报春菜”。荠菜的药用价值很高，它性味甘平，具有和脾、利水、止血、明目的功效。所有野菜里，就属它生长得最早，生长期最长。它大概是野菜里最亲民的一种了。每到荠菜旺季，总见城市居民携了一家老小进山采野菜。老人们经由它追忆过往，孩子们经由它亲近自然。采了回家，可焯了加油盐凉拌，可剁碎了包饺子，可放面条里当小菜，用荠菜煮过的面汤也会有一种好看的淡绿色，这让我每次连面汤都一起喝个干净。

车前草是院子里长得最多的，它的叶子形状饱满且厚实。最开始我只当它是一味草药，并不知道它有食用价值。有一天我背了相机去游山，一路都是无人之地。到中午时终于在一山坳里遇一土屋，一对老夫妇长年居住于此。见我一副饥肠辘辘的样子，心善的老夫妇赶忙生火为我煮面。面将熟时，只见老人在墙角边采了几棵车前草，清洗过后放于面里，原本寡白的面

条有了绿色的点缀，让人食欲大增。这车前草味道微苦，却有一种独特的山野之气。吃面完毕，我留下些钱以表达对老夫妇善行的感恩之心。从那以后，车前草叶时常出现在我的餐桌之上。

古人说：不可居无竹。而我的小院，竹子似乎有点太多了。四月中旬，院里院外冒出很多竹笋来，任凭我天天采也采食不及。与此同时，香椿树也发芽了。采了香椿的嫩叶配鸡蛋炒，是最受常人欢迎的方式，而我则喜欢将香椿叶剁碎，拌着烘焙后的辣椒面、姜末、盐和香油一起食用，辣椒的辛辣伴随香椿的清香，保证能激活春季慵懒的味蕾。

槐花也是我的最爱。五月份，漫山槐花开。别看槐花开得多，采起来可是要看运气。有的槐花长得很高，看着鲜嫩的槐花在眼前却够不着。有效的方法就是用一根直直的长树枝，在末端绑上树杈做钩子，采槐花的利器就制成了。有了它，高处的槐花纷纷被拉低摘下，不一会儿就摘了一筐。槐花最常见的食用方法是拌了面粉蒸食，或者拌成馅包包子。不管怎样的制作方式，它都能让人瞬间口腔溢满清香。我想，也只有山间的槐花才有这般魔力，城市里的槐花，还不等被人采摘，就已被汽车尾气和灰尘覆盖，那样环境下的槐花，大概也少有人敢食。

水芹菜和蕨菜也是小院附近常见的野菜。对于水芹菜，我总是心有芥蒂，因为它长在水泽里，我总莫名担心会有水蛭藏匿其中，所以从不敢去采。直到有一天去山友家串门，山友说：我曾经也担心这个问题，索性有一天亲自去采来，发现其实并没有水蛭，可以放心采的。回小院后，我便尝试去附近的溪流旁采了些，开水一焯，捞出来切段，放凉。食用油加热后放葱、辣椒末，然后浇在水芹上加盐拌匀，竟也十分美味。蕨菜最常用的食用方法和水芹菜类似，区别是水芹菜味道微清苦，而蕨菜有一种黏滑的口感。

山间能食用的野菜少说也有几十种，若逐一写来十几页纸都写不完。

山友们在山里住久了，都不愿下山去城里生活。我想，吸引他们用生命去驻留的，除了山间的清风明月，这汲取了天地精华的山间野菜也要占很大比重呢。

厨房里的小确幸

在常年山居者的家里，总会在某个角落看到很多坛坛罐罐。偶尔有人进山来访，茶余饭后，山居者会像分享收藏的秘宝一样搬出其中一个，这时，所有人都会不由自主地围拢过去。这些坛坛罐罐里装的是什么东西，竟有如此的吸引力？自然是城市里不常见的稀罕物。

山里常年湿寒，为化解这湿寒，制作可以驱寒的食物调理身体是山居者必不可少的技能。最常见的就是松针酒。我平时不喝酒的，但这松针酒称不上是真正的酒，更多的是松针的清香，还具有安神提气等作用，所以也尝试做了一罐。

最好是在端午节前后三天内取松针，这时的松针阳气最盛，功效是最强的。

从山里采松树枝回来，然后将松针摘下，反复清洗，直到没有杂质为止。称一下洗净后松针的重量，准备好白糖和山泉水。松针和白糖的重量比例为一比一。将松针全部放入玻璃罐里，将白糖覆盖在松针上方。把山泉水浇在白糖上，覆盖松针，水加到罐子的九分满即可。封罐放于干燥处，中间不要打开。松针通过白糖和山泉水里的微生物自然发酵，待三个月后可取出饮用。

一到秋季，满山都是五味子。熟透的五味子是像葡萄一样晶莹剔透的红，轻轻咬开，有一丝甜甜的味道，那甜里带着一点酸。继续咀嚼，苦、麻、涩的味道相继出来，它们在口腔的几秒钟，让人尝尽了酸甜苦麻涩，所

以才叫五味子吧。后来，听山友说咀嚼时只把皮咬破，吸食里面的汁液，最里面的籽不要咬破，就会只有酸甜味，没有苦麻涩了。我试了一下，果真如此。五味子酒的泡法相对比较随意，晒干的五味子放进酒里搁置三个月，五味子的功效就融进这酒里了，里面也可以加适量的枸杞或人参。如果想泡制的效果更好，可以将它烘焙干后碾磨成粉，放进药袋后入酒。

山居生活中最受欢迎也最难炮制的就是九蒸九晒的黄精了。新鲜的黄精挖来，用清水洗去泥沙，切成片状，用黄酒浸泡，然后放入隔水的蒸笼内蒸制，再放阳光下曝晒，如此重复九次。每次蒸晒，黄精的颜色都有不同的变化。在这九蒸九晒里，黄精的药效被逐渐激活。最后，密封装罐，搁在干燥处，随吃随拿。黄精制作过程繁琐，一个人完成太累人，我会与其他山友一起制作，或从山友处直接购买来。每次爬山时，放三五片在背包里，体力不支时放一片含嘴巴里，静坐片刻，逐渐感到体内能量重新聚集，元气满满继续爬山。

另一样很受欢迎的则是醋姜，它出现在餐桌的时刻多一些。买嫩姜些许，清洗后晾干水分，然后切成均匀薄片，放置于罐子里，再将醋倒进去至盖满姜片。要注意在这个过程中，姜片和容器都不能触碰水和油，要不然很容易坏掉。放在干燥处半个月后，这醋姜就可以吃了。姜的辛辣被醋稀释，醋的酸劲被姜中和，这醋姜酸辣得恰到好处，我平时不吃姜的人都可以独自吃掉一小碟。这极具驱寒功能的醋姜既是开胃小食，又是下饭利器。

有时，山居者们也会制作泡菜。不同泡菜也有各自的制作技巧。比如夏季一定趁较嫩的时候摘取豆角，晒制的豆角干会更鲜嫩易嚼。冬季等小白菜被霜打过两遍后再采摘，制成的腌小白菜自带一种清甜，口感会更丰富。

在适宜的季节，采集当季的草木灵物，在漫长的制作周期里，植物安静地发酵，人们耐心地等待，直到它们的特质被提炼，成为滋养身心的佳物。这其中的制作过程对山居者来说仿佛是一个个仪式，是对自己这副肉身的敬重，亦是对天地自然的虔诚。

于是，这一排排、一罐罐，坐落在房间一角，每隔几日，我都忍不住看看它们的颜色变化，闻闻它们的味道。它们是我山居生活里不可或缺的小确幸。

白菜煮豆腐

冬季，是山居生活最具考验的季节。山中植被大都枝叶落尽，一眼望去，到处都是灰突突的，这荒芜景象很容易让人感到清寂。到冰雪封山时，去山友家串门也成了困难，且不说天气冷得让人哆嗦。这个时候，就要看自己内心的定力了。有的人内心充盈，看书，喝茶，静坐，足以在自己的一间土屋里创造出很多乐趣来。有的人则耐不住这寂寞，便回到城里过冬，来年春季再进山。

平常村子里总是串门的狗狗们，这时也与主人一家围在炉子旁不再出门，叽叽喳喳的鸟儿们也只在有太阳时出来觅一下食。菜地里也没有什么活计可以做，曾经茄瓜满院的菜地只剩下了一种蔬菜——大白菜。可不要小视这颇为平常的菜，冬季山居者大都靠各类干菜度日，也只有它能够抵挡山中严寒，成为冬季里难得的新鲜蔬菜。

在冬季，柴火时常难以点燃，有时木柴不够烧，还须下山去镇上买煤炭运进山里，将柴火烧着后再放煤炭在上面，时常生起火后整个人也被呛得不成模样。为了避免在做饭上花太多时间，冬季我每天只吃两餐。九点多一顿早餐，白米稀饭配咸菜；下午三四点一顿便当是晚餐了，吃的大都是菜田里的白菜煮豆腐。冬季的豆腐不会坏，去镇里买多一些，放筐里挂在厨房的外墙上。室外早已是天然的冰箱了，这种环境下的豆腐能坚持半个月也不会变味。

煮菜的水打上来也是不易的。一到冬季，水源断流，村中一处地下水井是我唯一的水源。有时水不多了，只好将四周的碎冰块也放水桶里，运回来放火炉旁慢慢融化。到了下雪天，曾经五颜六色的山被雪覆盖成一尘不染的白，只有零星露出的石头彰显着这座山特有的古意。小院四周竹林里的竹子，也纷纷被雪压弯了腰，打水路上我得时常弯着腰才能躲过被压弯的竹竿。有时一不小心撞到竹子上，水桶里的水洒出来是小事，竹竿上的雪顺着脖颈落进衣服里才是要命的。那冰凉的雪触到脖颈上温暖的皮肤，凉得让人尖叫，而当你伸手试图拍去那雪时，它已经冷不丁地化成了水。于是，我学会每次打水都专门在脖子上围条围巾，这个问题就解决了。

将锅烧热后倒入油，三五姜片和辣椒小火煸香，切成条的白菜下锅翻炒，然后加一碗水进去，将豆腐加入。不用着急出锅，就用小火慢慢炖吧，反正那火持续地生着。直到白菜炖到软烂，揭开锅盖，豆腐的清香也扑鼻而来，这白菜煮豆腐就算好了，电饭煲里的米饭也熟了。

吃完以后，锅碗洗净，再往炉子的壁膛里加一个土豆或红薯，天黑再饿时就可以拿它充饥了。如果偶尔有朋友来，不用担心，白菜豆腐里水加多一点，再在里面加一把粉条就是了，这是人见人爱的一道菜。

记得以前不喜欢吃白菜帮，觉得它们难以咀嚼，很少去煮食它们。而在

山里，白菜帮似乎没以前那么难吃了，最平凡的白菜豆腐也吃得心安。大概是以前心性浮躁，等不了它们炖那么久的缘故罢。

泉水火锅

夏末秋初，天气不热不冷，山景怡人，把时间放在游山上最为惬意。在城市里再方便不过的就餐，在游山时分就成了一项考验。因为我不习惯外面的食物，总喜欢自己亲手做的，便在车后放了小型户外煮餐器具。游山出发前便把餐具收拾妥当，各类蔬菜整齐放置于篮子里。

临近用餐时分，行至人烟稀少、泉水净澈处，打开灶具，舀半锅泉水，将洗净切好的蔬菜放于锅内煮熟，便是最喜欢的泉水煮火锅了。

远处连绵的山脉翠色氤氲，流动着的清泉在阳光照射下叮咚跳跃，锅里烟气升腾，各色蔬菜在锅里色泽越发透亮。一人、一锅、一碗、一筷，我坐在蒲团上等待锅里蔬菜慢慢熟透。调味料只有一点点盐巴和香油，没有浓烈底料冲击味蕾，蔬菜的清香反而得到最好释放，吃莲藕时仿佛可以嗅闻到荷花的清香，煮面食时似乎感受到麦子上闪烁的阳光……如果幸运，还可以在四周采到野菜下锅，有时也会在山坡的藤蔓里寻到酸甜可口的野生葡萄当餐后水果。

如果说在都市餐厅里就餐大都只为满足食欲，泉水边的素火锅则是一场人与自然的身心交流。在这个过程中，只有食物与自己，没有聊天，没有手机，自己的“眼耳鼻舌身意”都专注在当下的食物里，每一口下去，都能感受到食物绽放着的香甜与能量。用餐完毕，洗净碗筷，将茶壶置于火灶上，再煮一壶泉水茶，赏着远处山景，一扫游山的奔波疲惫，顿感身心舒畅。

在这“不食人间烟火”的地方食着人间烟火，有一种微妙的美，仿佛整个山涧都成了我一个人的游乐场，这真是让人感到快乐的事呀。

锅碗瓢盆亦道场，柴米油盐亦修行

通常清净的小院偶尔也会热闹起来，比如在有人从外地赶来找我拍照或小院开办摄影学习班的时候。他们来自南南北北的不同城市，有时拍完照也会在小院小住几日，其间每个人都会参与每餐的食物制作。这时，厨房里总会出现新的食物品种。

北京来的苏姐，是一位贴心大姐姐，她既有北方人特有的豪爽，又有善意体贴的一面。她擅长的是包包子，那包子个头匀称，中间的褶子一层层清晰可见。即便用平常的面粉，她发的面团蒸出来的包子也既白又软；馅料明明用的普通食材，调味料也只有油和盐，她蒸出来的却格外香。我问她：你这包子用了什么诀窍？比包子铺里的好吃多了。

她笑着回复道：哪里有诀窍，不过是这小院让我感到心念平静；心念平静时，做出来的食物自然也好吃一些吧。一直以来，我很喜欢下厨做饭。在城市时，每天被大量的琐碎工作赶着走，即便是最喜欢的做饭时间，也会想着抽空拿手机联系一下客户，有时孩子哭闹了还得中途关火去哄孩子。而在这里，没有工作的忙乱，没有孩子的叨扰，我可以专注在每一个步骤里，连锅里冒出的蒸汽都觉得好看，连蔬菜下锅时油嗞嗞作响的声音都觉得好听。

听完苏姐这番话，我很是感动，于是埋头再多吃一些。用心地吃完食物，是对食物制作者最大的敬重。

苏姐离开山时，对我说：谢谢你，祥子，这几天小院生活真的很愉快。希望回到城市后，在自己家中煮饭时我也能保持觉知，像在这里一样身心向内收摄，把下厨当成生活的修行。

从深圳来的楠姐带着她六岁的孩子来小院。小男孩平常有些调皮，楠姐最头痛的是孩子吃饭。他从未好好吃过一顿，每餐都会出现孩子前面跑、大人追着赶着喂的情形。小朋友对大自然有着天然的热爱，我在菜园里锄地拔草时，小朋友也跟了过来。他对昆虫、土地和植物都充满兴趣，兴致盎然地帮我拔起草来。这时，楠姐喊孩子离开菜田，因为她觉得孩子待在菜田容易把衣服弄脏。我制止了她，对她说：没关系的，衣服脏了可以洗，好不容易来趟山里，就让孩子体验一下吧。

锄完草煮饭的时候，我也喊小朋友进厨房一起帮忙。菜是他亲手采的，洗起来格外认真，将叶子来回翻，看有没有菜虫在里面。出人意料的是，这一餐，不用妈妈追着喂，小朋友也自己吃得格外专注，碗里一粒饭也不剩。

楠姐说：这真是少见的现象啊。我说：这应感谢大自然呢。孩子在大自然里更容易投入兴致，这期间孩子的身心也会受到大自然的滋养。而参与做饭的过程，也使他与食物有了深度连接，自然吃得香了。

在第一期摄影学习班的时候，好友莎丽也来了。课程结束，学员们纷纷回到城市，她订了第二天下午的返程机票。这天上午，她说：这几天你辛苦了，也不要想着带我去哪里玩了，你就好好休息，我只想待在小院，帮你打扫卫生。说罢，便进了厨房。她知道，我虽喜欢煮饭，却一直将清洁厨房列为并不享受的事件。我也任她去了，因为我知道，这是她对我关爱的表达。

她先将早晨堆放的锅碗瓢盆都清洗个遍，一一摆摞整齐。橱柜里的每一袋食物都认真检查，过期发霉的倒进菜田，质量完好的找到合适的容器分类承装。煮茶喝水的茶壶杯子，从左到右、由高至低地均匀搁置。餐桌、置物架、厨房窗台清洁得一尘不染。日常被我习惯性扔在储物柜最下方的蔬菜，也整齐码在篮子里，放在一伸手就够得着的地方。最后将地扫了一遍，又去小院外采摘了盛开的野花放置在清水瓶里，放在餐桌一角。

整个过程，她像进行一场仪式般，平静而专注。

被莎丽清洁后的厨房，散发出清爽平和的能量来。我被这股能量包裹着，内心生出满满的知足和感激，不禁给了她一个大大的拥抱。

在她回城后的日子，每当我开始煮餐，手触摸着厨房的一器一物，依旧会生出感激的心情。最不可思议的是，我一直列为头疼事件的清洁厨房，就此竟不再让我感到头疼。偶尔想偷懒将碗筷留到下顿一起洗刷时，想起莎丽专注清洁的身影，我便有了继续平静洗下去的心情。

真是要感谢莎丽，是她用无声的教导，改变了我多年的陋习。

原来，锅碗瓢盆亦道场，柴米油盐亦修行啊。

院

第四章

同住山林中

小青道长

与山友闲聊时，山友说：你小院的隔壁山头有一位坤道，这些年在山里修建庙宇，性情很洒脱，你俩吃苦耐劳的精神很是相像。你为何不去拜访她，说不定能成为朋友呢？

一直以来，我对能在山中长久生活下去的人都充满敬重。住山看似没有门槛，山就在那里，谁想来便来了。但其实大山随时都在给予考验，如果不是有足够的定力，不是对山居生活有足够的爱，这只会成为无法忍受的煎熬。通过山友介绍，我终于与小青道长约了相见时间。从山的入口盘山而上，水泥路走到尽头，一条曲折的泥土路出现在面前。那泥土路表面被磨得很是光滑，可因为雨水冲击，随处都是凹凸不平的裂口，车行驶在上面不由自主地漂移，这使得很多人望而生畏，唯有魄力者才敢继续向前。我也是有点胆怯的，但总不能停下吧，于是咬咬牙，车子一路滑着前行。一顿颠簸，终于到了小青道长所在的慈航宫。

见到小青道长，我颇感诧异：山间竟有五官如此清雅、气韵如此脱俗之人。她一身纯白道袍，一头乌黑长发用一支木簪盘起，我总忍不住多转头望她几眼。我们就此认识了。

小青道长八九岁时，一直在做一个相同的梦：蔚蓝的夜空中满布金色的星斗，她在一束金色的光柱里盘腿而坐，盘旋上升，她能深切感受宇宙的寂寥与星空的浩瀚。这个梦持续了好多年，问父母，问朋友，都当她瞎说没有人理她，没有一个人能理解她对无际的夜空、对浩瀚宇宙的探求。十三岁时，她开始第一次打坐。那天下午，家里只有小青道长和大黄狗。于是，脑海里盘坐着盘旋上升的景象引发了她第一次打坐。心急火燎坐不住的时候，突然，有个辨不清男女、空灵缥缈的声音从她耳心之间传入：欲速则不达。然后心火熄灭再无急躁，当再次睁眼时，天色已漆黑，想找灯，腿麻了竟下不了地。好半天才摸到灯绳，眼睛却怕强光。家人还没回来，两个手心里竟然有两摊水。

之后的她，总喜欢到这种境界里，于是开始坚持打坐。后因缘际会遇到了常住青城山的师父，随着不断地学习精进，她的内在越来越豁达。

在北京工作后的小青道长因为常年吃素，与周围人群显得格格不入。有一天上班，看到一位刚入职不到半个月的新同事在单位外面流眼泪。她上去一问，得知这位同事远在家乡的父亲病倒了，同事跟公司借不来钱，回不了家。小青听完后，二话不说，将自己钱包里的全部积蓄直接给他，自己只留了十块钱。新同事拿了钱，说了句“我一定会还回来的”，就擦着眼泪一路小跑去了车站。当时电话还没有流行开来，小伙子走后再也没联系。她只好借钱挨到了发工资。

若干年后，小青道长在深圳一家时装公司做市场时，一位大姐带她去参加时装订货会。没想到，前来迎接的竟是当年借钱的小伙子。八九年未见，那小伙子见到她时瞬间泪流满面。原来，当年因为她借的钱，小伙子父亲的病得到有效医治，安然渡过难关。不久后，他要改行去做装修生意，便把自己多年累积的上万个客户的资料交给了小青道长。再凭借超强的工作能力，年轻时的小青道长从此过上年薪百万的生活。几年打拼下来，她为自己赚得豪车豪房，拥有了人人艳羡的物质生活。后来，又机缘巧合被举荐参加世界小姐选拔赛，一度进入排名前十的总决赛。

然而，红尘里的功成名就终归挡不住命中注定的道心不泯，终于有一天，她决定出家了。她将修行道法、弘扬道法作为一生的志向，以帮助更多人活得通达。

自古修行终南为冠，受师父之命，小青道长便来到终南。为找到一处合适的道观，她在这山中一寻就是两年。初遇慈航宫时，这处道观因年久失修，大殿房顶早已漏雨，只得搭一层防雨塑料在顶层。

在道观里，一只名字叫屁墩的小土狗甚是惹人喜爱，小青道长对它格外照顾。原来，这小屁墩，可以称得上道观的元老了。这屁墩原本不属于道观，是道观附近一个假和尚的。假和尚后来养了两只名犬，土生土长的小屁墩便失宠了，三天两头地挨打。有一天被打得满身皮开肉绽，屁墩拖着腿一瘸一拐地就来到了道观。小青道长于心不忍，为屁墩包扎了伤口，涂了草药。屁墩一天天好起来。仙道贵生，世间无大事，不过生死，哪怕只是一条普通土狗。从此，小青道长便多了一个伴来守庙。

山里野猪长期很是大胆，辛辛苦苦种好的菜经常一夜之间被拱得底朝天， 土豆刚长红枣那么大的时候，一个不留地被野猪吃完。屁墩来了以后，晚上野猪来临，屁墩冲上去一顿狂吠，一次次地把野猪吓跑。因为屁墩的守护，小青道长终于可以吃到自己种的菜了。

第二年，新大殿的修建开始了。一些道友前来帮忙建设，道观里逐渐越来越有人气。这时，建设过程最大的困难是资金问题。看见过很多富丽堂皇的大殿，却裂开了很大的缝隙，小青道长心有余悸，心想：不能搞表面功夫呀，传道的地方要给后面的道人留好根基。为了建庙，小青道长卖了深圳的

房子和豪车。

修建大殿简直就是无底洞。这里的运输困难，光运输费就比在城市建设贵了两倍。一个正常能运十吨沙子的车，爬这坑洼的爬坡山路，就只能运五六吨，还要看车况，旧一点的还上不来。曾经有一位司机因路不好，怕把车损毁了，哪怕加钱都要把砖卸在半山腰。又有一次，运了一车建大殿屋顶的木椽子，司机开了一半见山路不好走，又赶上天色大变，怒气冲冲，抱怨拉这车木头耽误了他的时间。无奈之下，小青道长与众道友徒步到半山腰去卸木材。这山路一下雨就泥水四溅，一路湿滑让道长们纷纷摔了跟头，雨大到都要眯着眼睛走路，风声大到说话只能靠吼。三四米的椽子重到必须两个人才能抬得起。木头卸完，每个人的衣服、鞋子早已全部被雨水浇个湿透。紧张的卸车完毕，众道友又徒步回慈航宫，一身的泥水竟然被大雨冲刷得非常干净。祖师爷保佑，第二天竟然没有一个人头疼脑热！

四五天后，天气好了，托山下的信众帮忙找辆小货车拉了三四趟，才将那车木头转运到道观。原本一趟就能解决的，跑了四趟，运费又多花了五百块。经历这些磨砺，道观里的人们像家人一般 ，虽然吃苦，但也快乐着。

盛夏的傍晚，大家在院里乘凉，葫芦满院子，花香袭人。屁墩怪怪地回来了，不时地看着门口。人们正纳闷呢，这时扭扭捏捏进来了个皮毛黄黄的小狐狸狗，羞答答的，轻盈地走两步低一下头。屁墩喜洋洋地甩着尾巴，不时地关注着这只小狐狸狗。道长们惊呆了，终于有人反应过来：这屁墩是带媳妇回来见家长啊。这对道长们来说真是意外，赶紧迎它们进来。这只羞答答的小黄狗貌似听懂了，随着屁墩喜洋洋地在院子里嬉闹开了。道长们开玩笑说：不知这黄狗是谁家的，提亲都不知道找谁，真是愁人哪。

大殿的地基都建了整整一个月。建地基需要大量沙石，那沙石看上去只是一桶，却沉得没两个人根本挑不起来。很长一段时间里，道观里人人身上被沙石点子沾满。白天建设是艰辛的，即便如此，每天一早一晚，道观里总是准时传出道长们早晚课的诵经声。我问：建设这么劳累，为什么不早晚课停一下呢？道长们回答：背诵经典是我们的精神食粮啊。这一天，哪怕饭少吃一顿，这经也不能不念呢。

因为建设资金匮乏，厨房伙食品质急剧下降，餐餐都吃土豆，道友们笑称慈航宫快成土豆宫了。然而，有趣的是，菜越少反而剩菜越多。因为每个人都想让别人多吃一点，让来让去，菜反而每餐都吃不完了。当然，不是每个人都吃得了这份苦的。其间，一位道友郑重其事地承诺要上山修行，要上来帮忙修建道观，结果只过了一天，第二天早晨天蒙蒙亮，就卷着小包下山了。很多人以为山里生活是坐看花开的风轻云淡，没想到迎来的却是灰头土脸的考验。

大殿地基完工、墙体完工，终于开始建屋顶了。这时，一位民工竟被电打了，电闸没有启动保护装置，他脚肿得无法穿鞋，被工友架着下山去医院。小青道长也很好奇这工人每天修庙，为什么还是这样的命运。工人无辜地说不知道。小青道长突然灵光一闪，让宗咸道长追出去问他是否在新大殿里方便了，那工人颓废地回答：是的。小青道长去大殿一看，赫然有一米多长的尿迹从墙面淌到地面，整个大殿臭气熏天。当天傍晚，小青道长给工人们讲法，讲因果。和睦的讲经结束后，工友们都郑重地说以后不会再犯了。

随着大殿建设的逐渐完善，诸位道长终于可以留出些时间做些有趣的事了。山间最有趣的事自然是游山和采药。每次外出采药，小青道长吩咐所有人，无论药材多么贵重，只可挖个头大的药材，小的必须留下，临走时必须将采药挖出的坑填好。如此这般，才能合理分配，为后世也留下资源。他们尊重生命，包括山中一草一木。

除了采药材，道长们也一直坚持捡拾山中游客丢下的垃圾，却发现这垃圾从春季捡到夏季，从夏季捡到秋季，怎么都捡不完。小青道长一拍脑门：游客乱扔垃圾是不是因为没有垃圾桶?

于是，信众春霞筹备了三十多个垃圾桶，准备放在路边，教化游客不能乱扔垃圾，制止乱扔垃圾的现象。结果赶上秋雨季节，车无法上山，于是将垃圾桶放在山口停车场，告诉看门人几天后来取。五天后雨停，小青道长召集众人，准备去固定垃圾桶。这时，看门人却一脸无辜，说从来没有看见过——他们的垃圾桶就这样莫名地不见了。十余人悻悻地上山，只好按照原本的路子继续捡垃圾。

冬季到来后，道长们不再下山，等到雪化开后下去一看，发现垃圾比去年还多。道长们站在庙前一声叹息：你们赢了。

为什么经济越发达的地方卫生越干净，经济越落后的地方卫生越堪忧，难道经济决定人的德行吗？我与小青道长探讨游客乱扔垃圾的现象，问她：为什么很多人都没有爱护环境的意识呢？

小青道长说：因为现代人的私心过重，以至于丧失了公德心。有的人在家庭角色里做得很好，但到了社会上，却不愿付出自己的爱心，这是因为内心不够光明、豁达。善意和光明是内心种下的福田，内心的福田饱满，遍身光明，人必逢凶化吉，摆脱多舛的命运。这不仅仅是一代人的福报，也会影响到子孙后代。天地生养万物，我们应敬重天地，感恩天地。感恩并不是一句空洞口号，而是要从实际出发，从净化地球、不让垃圾破坏环境做起。希望更多的人能早点明白啊。

冬天来临，大雪封山，水管都冻裂了，道长们只好轮流出去担水。雪地湿滑，几乎每个人都有过人仰桶翻的经历。为了省水，大家衣服都不洗，黑黢黢地度过冬季，到春暖花开时有水了才开始洗。为了省煤，只好仅仅在炕

下烧了煤炭，于是，种在花盆里的山茶花也被抱在炕上一起取暖。春节过年时，天南海北的道友们每人一道拿手菜，日子虽苦，但其乐融融。

现在的慈航宫，大殿建设已完工，以褐色为主色调的建筑，与这山的气场很是协调，它如同大地般带给人沉静的能量。而以往的旧址，虽然依旧用塑料布遮着屋顶，但院子里满是花草，屁墩和几只小花猫穿越其中，颇有几分活色生香的意境。

我问小青道长：以往红尘生活那么精彩，山间生活如此清苦，您后悔过吗？难道真的就不留恋世俗生活吗？小青道长说：如果留恋世俗，就不会在山里待六年了。

我又问：修道最重要的是什么？小青道长说：好好做人。人都做不好，修道是枉然。道观不缺人，但缺人才。 为什么道士少？是因为没有才华的人太多了。没有才华根本没法儿修道。山、医、命、相、卜，修道样样得学，要不然你就不是一个真正的道士。虽不能全通，但至少要有一门精通。没有师承和多年下苦功夫深入钻研，样样都很难入门，何况济世救人使用它？在物欲横流的社会里，年轻人把所有心念都放在享受上，很难沉下心来深入学习一门道术，更何况穷其一生参悟大道?

我不由得由衷敬佩起她来。在这样浮躁的社会里，还有人在这山里坚守着自己内心的信念。他们敬物，敬人，敬天地。他们是现代人类的精神导师。

那你有一天会离开终南山吗？我问。

小青道长说：终南山是我的家，城市里没什么可以吸引我的。我从繁华入简，是祖师虔诚的弟子，无论身在何处，我心安处便是家。自古修道，终南为冠，这里得道成仙的圣人非常多，我希望将来我也是其中一位。

穿汉服的人

第一次见到秀秀老师穿着汉服行走在山间时，我就被她深深打动了。同样作为一名汉服爱好者，我有时还担忧别人投来的异样眼光，而她一身汉服一穿就是十年。无论在城市还是在山间，无论是工作还是闲余，一身汉服穿得坦荡自如，她无疑是比我更洒脱的。

秀秀是一名茶道老师，时常在工作之余便进山小住。她虽不常年住山，但按照进山的频率，可以算得上是我的半个住山邻居了。每每相聚时，汉服是我们畅聊最多的话题。

2009年，秀秀老师穿上人生中的第一身汉服裋褐，蓝色衣缘，纯白色提花锦缎，很是素雅。后续的尝试中，发觉直裾深衣是最适合现代日常的穿着，而汉服的舒适宽松与茶道沟通自然、内省自性的主旨相得益彰，索性就将直裾深衣作为学员们的指定衣服。

说起汉服，很多人是陌生的。有时穿了汉服走在街道上，总会有人问：你这是哪个国家的衣服？

汉服，是“汉民族传统服饰”的简称。远古时期，皇帝的妻子嫘祖首创种桑养蚕之法、抽丝编绢之术。许多典籍都盛赞嫘祖的伟大功绩，北宋建隆元年有疏文称嫘祖“教民养蚕治丝，无需树叶蔽体；令地产桑育蚁，遂教人力回天。脱渔猎以事农耕，制衣裳而兴教化”。

随着社会的发展，春秋战国时期，衣服的款式便开始丰富起来，其中短衣长裤的胡服便于骑射，上下连接成一体的深衣则成为无论男女都普遍穿着的衣服。

公元前221年，秦始皇统一中国后建立了各项制度，其中包括衣冠制度。冠冕、衣裳、配饰等都有着严格的等级标准。深衣则由直裾延伸，出现了绕襟曲裾。

魏晋南北朝时期的服装在承袭过往传统的基础上加以改进。这时，佛道思想成为时尚，人们思想面貌的改变也体现在服饰上。从传世的人物画作里可以看出，这一时期的衣服尤为自然飘逸，通常大袖翩翩，饰带层层叠叠，这是一个裙袂飘飘的年代，映照的是人们内心的出尘之态。

到了唐代，中国政治、经济高度发展，文化艺术也达到鼎盛时期。襦裙、半臂、大袖衫等，成为民众最为常见的穿着。对外贸易的发达，使唐朝成为当时亚洲各民族的交流中心。唐朝的服饰对邻国也有着很大的影响，日本的和服、朝鲜的朝鲜服等，都是由汉服演变而来。

再到宋朝，由于国家常年处于内忧外患状态，国民服饰相对多了简朴、含蓄的韵味，女服仍以衫、襦、褙子、裙等为主。

明末清初，统治者以“不从者斩”为胁迫，强令其统治下的各民族剃发易服，汉服开始走向衰落，但整体服装体系并没有大的变动。近代受西方文化影响，人们都开始穿西式服装，甚至典礼活动必须穿西服才是“正装”。至此，汉族成了世界上唯一一个没有自己服装的民族，传承了几千年、体现中华民族文化和审美情操的汉服几近中断。

曾经受汉服影响的其他国家至今都保留了其传统服饰，每逢节日，着传统盛装是生活必备。唯独在中国，很多国人都不认识自家的衣服了。直到近些年，部分传统文化的爱好者才开始重新拾起这遗落的珍宝。

在现代，穿着汉服出门是需要勇气的。几乎每个常年着汉服的人，都遇到过路人投来的并不善意的眼光，这总叫人心里多一分酸楚。

有一次，秀秀老师携五六位学生逛回民街，过路的人不怀好意地冲她们喊：“尼姑、尼姑。”同学们回头答道：“见过这么漂亮的尼姑吗？”这路人开的玩笑，可真是一点都不好玩啊。

有部分人疑虑汉服在日常生活中的实用性，觉得这长袍大褂在如今快节奏的生活中肯定是不方便的。其实不然。当身体习惯后，穿着汉服进行现代所有的日常活动都是没有问题的。有一天，秀秀老师驾车到4S店保养，服务人员耐心地指挥泊车，秀秀老师操作异常精准，轻松完成了颇有难度的泊车。下了车，服务员看到开车人竟是身穿汉服的典雅女子，一脸错愕神情。有的人潜意识里认为汉服和现代新兴事物是毫不挂钩的，其实，秀秀老师曾穿着汉服打高尔夫球，也完全不成问题。

而对于穿着汉服的学生们来说，面对身着优美汉服的自己，一举一动竟不知不觉地规矩了很多，说话时也会注意轻声细语，免得自己的粗鲁破坏了汉服的美好。如此一来，汉服也间接起到了匡正言行的作用。

居住在武当山的朋友逍人和双琴这对神仙眷侣也穿着汉服多年了。双琴与汉服结缘起始于她的武侠情结和对古代的向往。观赏经典的古装剧，双琴深深地被古装美吸引了。于是，买了汉服回来穿，发现有些并不合身，便把衣服拆了，一针一线把不足的地方修改好，再照葫芦画瓢缝回去，一来二去，竟自己也学会了缝制汉服。

事实上，汉服不仅可以起到以衣养心的作用，更有养护身体的作用。很多汉服制式是从上至下整片剪裁连接，这使身体被保护得很好，减少了风寒对人体的入侵。

受西方文化影响，现代衣服大多外露小腿、膝盖甚至裸露肚脐，在冬季时，有人亦是“要风度不要温度”。当下都市里很多女性宫寒、容易手脚冰凉，与日常穿着有着密不可分的联系。而整片剪裁的汉服，则把风寒都挡在了外面，把人身体的“气”都聚守得很好。

曾经的双琴，在都市的快节奏里几乎患上抑郁症，于是下定决心去追寻自己真正想要的山林生活。开始穿着内心喜爱的汉服后，她的生命状态是流动的，心情日益明朗起来。

她说：我再也不会穿回以前的衣服了，只有穿着汉服时我才感觉回到了真正的自己。最开始穿着汉服时的她，也因他人的说三道四而困惑过。可是，别人虚妄的评价哪有自己的自在重要？于是想开了，将以往的衣服全部送人，从此只穿自己缝制的汉服。

同样是汉服，有的人穿着很美，有的人则总觉得穿不好看。其实，汉服是一面镜子，它抛却一切装点，让个人的内在气韵展露无遗。这就是为什么古人说“腹有诗书气自华”。想到这里，我不禁自勉：应保持学习，努力提升自我，才不负这传承了中华民族智慧的一身汉服呀。

没有人能阻挡历史前进的步伐，但有些事物不应该被人们遗忘。我们期待着，有一天任何一个人穿汉服出门时，都不会被人们以异样的眼光围观；我们期待着，有一天国人都能够认识汉服、尊重汉服；我们期待着，有一天汉服可以作为中华民族的文化符号走向全世界。积细流以成江海，看到身边热爱汉服的朋友越来越多，我相信这一天一定会到来。

云老师和云嫂

云老师和云嫂是我在山里的邻居，两家院子所在山头离得近，我们便成了常来往的朋友。这一年，我开始寻新的院子，他们因为自己院子周围越来越热闹，也开始了同样的寻找计划。

最终，我找到了竹林小院，他们则在终南山最西边的太白山附近承包下一块几百亩的山地，起名青木谷。这里路途偏远，去一趟市里要三四个小时车程。

驾车到终南山脉最深处的腹地，从一条不起眼的土坡小路进去，缓缓向上，每爬高一段，眼前的山景就开阔一分。爬到半坡位置时，回头一望，连绵起伏的秦岭山脉层峦叠嶂，屹立眼前；湛蓝的天空中有大朵的白云浮动，让人有瞬间置身尘外的错觉。

因为地处偏远，竟已听不到一丝车马喧嚣，细细听来，但闻十余种不知名的鸟鸣，在相互吟唱应和。道路两侧，尽是奇花异草，蜂蝶飞舞，不时有阵阵带着自然气息的清香扑鼻而来。望着眼前的各种景致，人的心情都不觉敞亮了起来。然而，这段一公里多的土坡小路沟壑交织，运送物资却成了他们草创阶段最大的挑战。

今年三月，云哥和云嫂在一无所有的山地里开始建设。这块高山坡地上除了去年冬天留下的半人高的枯草，连一间能遮风避雨的屋子都没有。怎么办？云嫂便买了一个帐篷，计划住在帐篷里开始最初的规划和建设。结果，上午帐篷刚搭好，下午就被一场突如其来的暴雪压垮了，两人只好住到附近小镇的旅店里，每天早出晚归地奔波了近一个月。需要修路，挖了半天，却从路中间冒出一眼清泉，清澈的地下水汩汩向外渗出，之前所做的工作也就白搭了，须得改道绕行。

这些初期建设的种种困难，不仅没有让云老师云嫂沮丧，反倒成了他们生活中调味剂一样的趣事。一个月多的辛苦劳作，两座三角形木屋终于搭建完成。木屋一层的大榻榻米可供喝茶聊天用，二层的阁楼上做床可以睡觉。躺在阁楼的床上，看着窗外起伏的山峦，或夜晚满天的繁星，让人感觉“不似在人间”。

山坡三面环山，茂密的树林中或草坡上自然生长着很多中草药，党参、黄精、乌头（附子）、玉竹等随处可见。他们春天里已经种了上百棵的苹果树、杏树、樱桃树，蓝莓、草莓、各种花儿的种子也到处撒了近百种。第一年，一切作为实验，看哪一种植物能适应这里的气候环境，到来年就开始合理种植。云嫂说并不指靠它们来创造什么利润。这只是他们自己的生活所需，能自给自足就够了。

我忍不住感慨：现代社会都追求高收益、高效率，相比之下，这样的自然种植、自然收成，真是一种奢侈的方式啊！云嫂说：以前在城市，动辄花几万买一个包，用奢侈品堆砌自己，可那只是为了满足自己的虚荣。有多少人拼命挣钱，却忘了生活的本质。很多人几十年拼搏下来，身体也出现各种问题，挣的钱都交给了医院。而现在，选择这种“奢侈”却是发自对生命的珍惜，对自己身心的敬重。这几年的山居生活，我早已不需要那些外在的填充，索性换一种自己真正认可、需要的自然的方式去“奢侈”。云老师则回答：生命如此珍贵，人的一生怎么能够全部浪费在争取那些大多数时候都无用的物质上！精神世界的丰满，会让你感觉自己的世界更富足……

他们的一番话，道出了主动脱离城市、选择山居生活人群的心声。人生短短数十年，人应该趁早去过自己想要的生活，谁说一定得跟随主流，在红尘滚滚的世界中打拼才是必然的选择？

对于这对神仙眷侣，我很是好奇他们的日常相处之道。在城市里，听到太多亲密关系里互相折磨、互相耗损的事件。而在这大山里，大多时候他们只有四目相对的两个人，该怎样相处才能彼此包容，相携度过漫长岁月？在夏季，我去他们的山头游玩小住。对他们的日常观察，揭开了我一直想要知晓的答案。

有一天 ，外出游山时在农户家买了一些茶叶，赶回山里后，云嫂发现茶叶并没在，原来是云老师付钱后忘记拿了。经过一天的奔波，大家都已很是疲倦。我想，云老师免不了被云嫂一通埋怨。没想到，云嫂并没有按常规出牌，而是直接说：你们等着，我开车回去拿。

第二天，我问云嫂：昨天的情形，如果放在其他人身上，肯定是先埋怨一通。 你怎么就忍耐了下来而没有责怪和埋怨呢?

云嫂说：当时我也有情绪呢。可遇到情绪的时候不是去忍耐，而是真正去看见这个情绪想干什么，当看清情绪背后的真相时，情绪所带来的负面能量就开始下降了。以前，我压根看不见自己的情绪，就会像大多数人那样不由自主地选择去埋怨，却于事无补。后来，我有能力看见自己的情绪了，却总是在埋怨过后才看到情绪背后的真相。现在我已经能够清晰地看到自己的起心动念，并且可以很快分解情绪背后因为自我幻觉而隐藏的秘密。生活还

是要继续的，被你的情绪牵着走不解决任何问题。经过自己这几年的练习，以及进一步觉察，现在，一旦有情绪升起，我立马就可以看到它们，并了解它们的来龙去脉。

对于情绪的觉察，很多人都说得头头是道，却少有人能够将它真正践行于生活之中。云老师和云嫂是在生活中练习觉察自己的实例。

一天清晨，他们还未醒来，忽闻房外几只狗狗的狂吠。起来一看，原来是他们家养的狗儿灵犀、灵宝、灵一与山中一只野生的猪獾打架，奈何那野猪獾有锋利的爪子和牙口，三只狗狗即使人多势众，也个个被野猪獾连抓带咬而负伤。看着狗狗们的样子，又心疼，又觉得好笑。

是呀，山中的日子怎么会无聊呢！两人遛山，归来时，云嫂的篮子里已装满随手采的野花。拿回木屋，往盛了清水的陶罐里一放，房间里顿时感觉生机盎然。没有厨房，云老师就花几天时间搭了个简易厨房，四根木柱支撑着一个棚子。云老师笑称：别看这厨房四面漏风，在里面做饭一抬头就见层峦叠翠、云雾缭绕，这可是“五星级餐厅”都没有的风景呢。

蒸馒头没有笼布，云嫂出门在一侧的山坡上摘一把艾草叶洗净，便是天然笼布了。云老师也没闲着，将山中泉水引到厨房一侧，下方用一口大水缸接着。水缸一侧，种下的一株月季正开得娇艳，花朵倒映在水波里，又是一处小景布置完毕。

他们夫唱妇和的默契，让我忍不住赞叹。然而，意想之外的事发生了。这天晚上云老师和云嫂竟争执起来。天突降大雨，漫山电闪雷鸣，四周很快一片漆黑。待雨小时我们从厨房的小窝棚冲进木屋，却等了很久也不见云老师进来。雨再次越下越大，依然电闪雷鸣……大约又过了半个小时，云嫂按捺不住跑出去喊云老师回屋，没想到却神情黯然地独自一人回来。又过了一会儿，云老师才慢悠悠回到木屋里。

这时，两个人开始了争执。云嫂说：你为什么待在外面不回来？一脸的委屈。

云老师说：我在外面赏雨，看闪电。

云嫂说：你难道不知我们大家都在为你担心吗？

我以为云老师会为自己让大家担心而致歉，没想到云老师却说：我在赏雨，在以我的方式行事，我是大人，会照顾好自己。你为什么一定要叫我回屋，并且站在雨中不走？这是一种以伤害自己来威胁他人的做法，也是一种“心理界限不清”。你可以表达自己的关怀，也可以不带情绪地说出你的担心，但是强制别人服从命令，甚至以“已身涉险”来要挟他人服从，这是一种严重越界及“自我延展”……

我忍不住插了一句嘴：云嫂明明是在关心你，所以冒雨跑出去看你，喊你回屋。你这样的回应未免有些太冷冰冰了。

这时，情绪平和下来的云嫂却说：云老师提醒得对，我们是两个独立的个体，我们有各自的自由。刚才是我跨越了界限，试图让他按照我想要的方式来行事。

云老师这才缓缓对向我说：我当然知道她跑出来是关心我。但我更想让她知道，关心别人，必须是以照顾好自己为前提。

云老师继续说道：很多人对自己的另一半满怀期待，这看似善意的期待背后却是尊重的匮乏，是“你得成为我想要的那个样子，我才喜欢你；你达不到，我就跟你没完没了”。这种状态是与爱无关的，只有自己的操控和改造。但要知道：只有看清两个人是独立个体，并且不期待对方满足自己的期待、不以“为你好”的理由去跨界改造时，两个人才会产生真正的连接，彼此看见对方真实的样子。这个看见会使自己变得冷静而有智慧慈悲，这是一生的修行，不管你信不信佛、信不信教，都要修行。

有时，云老师和云嫂也会为一株花、一棵树种在院子的什么地方而发生分歧。而这时，他们总会有一个人在争执时主动放弃自己的想法，去顺从另一个人，最后竟也皆大欢喜。

两个不同家庭背景下成长的人在一起，会有许多不一样的生活习惯及想法要求。在相执不下时，学会放弃自己的想法，这也是一种修行。两个人学会彼此让步，在生活中会有许多意想不到的收获吧。

我从青木谷离开的那天，云老师和云嫂一起下山到附近的村子里找跑丢的大黄猫。猫儿跟随他们搬了家，路还认不清，已经跑丢好几天。其间他们的朋友下山去找，怎么喊都没回应。到村子里，云嫂喊了几声 ，只见那大黄猫从一个草垛里钻出来，喵呜回应着。在这艰苦的环境里，人要挑战的有很多，猫也一样需要跟着适应。

我们挥手告别。转头回望，他们牵手而行，大黄猫跟随在后，山间小路的两侧，野花开满。这画面美好得像是电影场景一般。从对他们几天的观察学习里，我自己也受益颇多啊。

带上孩子，到大自然中生活

来终南山以前的刘青一家，在山东老家经营着一个餐馆。老家是苹果种植基地，每家每户都靠种植苹果为生。刘青的妻子美康与他是老乡，他们的孩子十宝已经六岁了。

经营餐馆的生活，像大街上的每个人一样：努力工作、挣钱、还房贷，日复一日的忙碌与操劳。直到刘青发现身体总是出现状况，去医院查，各方面都查不出原因来。于是，开始自己琢磨研究艾灸和刮痧，把自己调理好了，也快成了半个医生。而这时，美康的母亲也病了，一进苹果园就全身皮肤过敏起红疙瘩，药物用遍了也治不好。这促使刘青开始更加深入地思考食品安全的问题。

苹果地的污染是大家有目共睹的，一棵苹果树从开花到果子成熟，其间会被喷洒除草剂、除虫剂、膨大剂、催红剂……一朵花儿成长为果实，其间要喷洒的农药远超普通人的想象。各种药剂作用下的土地早已满目疮痍，虽看着还能长出饱满的果实，不过是“像吸毒上瘾的人，靠更多的药物和器材维持生命”。在已经被损坏的土地上靠更多的药剂去维持种植，这无疑是一个恶性循环。

因此，刘青对土地不施肥、作物不打药，尽量减少人为干预，通过植物多样性逐渐恢复生态平衡的自然农法产生了兴趣。在软磨硬泡下，家里终于同意给他一亩地做自然农法的种植实验。

一年忙碌下来，这一亩自然种植的试验田终于有收获了，产量只有普通种植的20%，且作物都长得歪歪扭扭，还有虫眼。然而，种出来苹果的味道，却比农药种植的好很多。刘青兴致满满地将苹果运到街上去卖，看到这又小又丑的苹果，几乎没人愿意买。一车苹果只卖出了两箱，剩余的只好能送则送，送不出去放坏的只得倒进垃圾桶。一年辛苦种植没挣钱反倒赔钱，家人急了，把这亩试验田收了回去，又恢复了普通种植。

刘青来不及伤心，继续向亲邻们讲解自然种植的好处：自然种植的作物是纯天然的，对人的身体没有损害。他告诉亲邻：从农药种植到自然种植，土地会有一个缓冲期，前两年可能收成不好，但坚持两年，土地缓解过来，自然种植的苹果收成就会好起来，收入也不会差。亲邻们回：眼看着别人都每年一亩地五六万的收入，你这一分钱都收不了还倒贴钱，都跟你学，让我们怎么活？

他向亲邻们讲解农药污染对土地的损害，问亲邻们：你们不担心把土地污染了，子孙后代怎么办？亲邻们回：管不了那么多啊，我这辈子能活好就行。就算我不打农药，也有其他人会打。

刘青满腔的热情再次被浇灭了，没得到支持，反而招到亲邻们的排挤和冷嘲热讽。既然无法影响上一代，那就从自己做起，努力为孩子争取个好环境吧。

于是，从未离开过家乡的他决定外出。他相信，一定能找到志同道合的人一起实现自然农法种植的梦想。原计划他先出去踩点，一切妥善后再将妻子孩子接去。这时，妻子美康说：你去哪儿，我就去哪儿，一家人要在一起才像一家人啊。问过孩子，孩子自然是愿意跟随父母的。买了辆二手车，收拾几件换洗衣物，一家人便关掉餐馆出发了。四川大凉山、江苏溧阳、陕西渭南……这一路，他们用劳动换食宿的方法，边走边学习。

直到一年多后，中国已绕了半圈，走到终南山脚下时，他们已十分疲倦。十宝说：爸爸妈妈，我们能不能不来回跑了？我累了，好想有个家。

于是，一家人就在终南山留了下来。先是在山脚下租了一处普通民房安身。安顿下来，他们便再次启程，每天去不同的山头寻觅，希望遇到一处房屋和土地，可以让内心自然种植的梦想扎根。

又经过一年的找寻，终于遇到了。这是一处在大山深处荒置了十几年的土房。从山口入山，盘山路开足两个小时，再步行一里地才能到达。这里人烟稀少，放眼望去，四周的山雾氤氲升腾，坐落在缓坡上的这间土房在视觉上平添了亲切感。房间内部早已灰尘遍布，好在墙体和屋顶比较结实。

重建家园需要极大的体力和耐心。刘青清除多余杂物，美康擦洗房东留下的家什。这间土房越来越洁净起来。接下来，将山泉水拉到院子里，将小院四周早已长满杂草的荒地开辟出来，种上蔬菜和花儿，几只鸡和一只猫一只狗在追逐打闹，这里越来越有家的模样。室内，除了卧室和厨房，三个不同功能的工作台占据了客厅的位置：刘青做木工的木工台，美康做衣服的服装台，和十宝玩泥巴的泥巴台。

家里的桌子椅子，都是刘青亲手制作的；一家人穿的衣服则由美康亲手缝制；十宝的泥巴台上，他捏制的小动物惟妙惟肖。青菜、豆角、西红柿、南瓜、茄子，家常见到的菜种这里都有种植。这些菜没有施加化肥，没有喷洒农药，虽然个头不如城里卖的大，但却好吃极了。

山中的各季野菜野果也是他们餐桌上常见的食物。他们对食物制作格外有耐心。有一次我去小聚，正好赶上吃到他们包的红枣包子。那红枣竟是去了核，将枣肉剁碎了包进去的，一口咬下去，枣的甘甜和面粉的清香发挥到了极致。一家人在附近散步时，发现了几棵皂角树，将落下的皂角拿回家，就成了天然的洗衣粉和洗涤剂。

这里只有一户邻居，是一家养蜂的农户。开始农户以为他们搬来也是为了养蜂，便对他们横眉冷对。后来知道他们来此并非为了养蜂，便互相热络起来。向下走两里地就是山中的小镇。所谓小镇，不过是一个有几十平米的超市和几十户人口的小村。他们似乎也成了镇里居民眼中的“怪人”：去超市买盐巴等日用品从来不用塑料袋盛装；孩子六岁了，也不去学校。

“不去上学，孩子的将来怎么办呢？不怕他与社会脱节吗？”这也是很多认识他们的人的担忧和疑惑。

谁说不上学就代表不学习了？刘青和美康对十宝的教育理念是“在玩儿中学习，在生活中学习”。比如，吃馒头时，美康交代十宝把一个馒头分给爸爸妈妈和自己各一份，每一份就是一个馒头的三分之一，三个三分之一就是一个一，这时，十宝就学会了分数和乘法。刘青在菜田里干活，美康对十宝说：你看，现在田地里有一个人在出力，是不是？十宝点点头。美康就在地上写下“男”字。于是，十宝又多了一个认识的字。

在山里生活，也不一定就意味着得与世隔绝。偶尔，也会有城市的朋友来到他们的小院，每个人都乐意把自己擅长的知识跟十宝交流。十宝的性格有着在同龄孩子里少见的平和。一般小朋友对零食、动画片上瘾的现象，他都没有。他对爸爸妈妈有更多的关爱。有一次，一个小朋友给了他一块手工巧克力，他竟一直收藏着，拿回家跟刘青美康一起分享。走在路上时，他会提醒妈妈：那里有只小蚂蚁，注意不要踩到它噢。

十宝喜欢画画，各种各样的植物是他最喜欢的素材。院里院外数不尽的植物，就是他最好的模特和老师。

刘青和美康说：我们曾经问家族里在上大学的弟弟妹妹们，问他们将来的梦想是什么。他们却都很迷茫，不知道自己将来想做什么，大学生活每天

都在追剧和玩游戏里度过。这让我们开始反思：现在的年轻人文化程度都高了，但为什么会这么迷茫，不知道自己的梦想是什么？思考之下，我觉得一个人心性的成长、内在的沉淀，比考得高分重要多了。十宝刚好也喜欢在山里的生活，我们便没什么好担忧的了。他将来再长大一些，我们没有能力教授更高知识的时候，他也可以自己去考学校的。他从小知道自己喜欢什么，也会学到一技之长，我们相信他将来会有为自己谋取幸福的能力。

从刘青一家，我看到的不仅是一个温暖的家庭，更是一种勇士精神。在每个人都抱怨环境问题、教育问题，却又继续无力地黏着自己所抱怨的一切时，他们通过自己的行动，去做出最大努力的改变。鲁迅先生说：其实地上本没有路，走的人多了，也便成了路。而他们一家，则是领先跨出那一步的人。

我相信十宝的未来是美好且幸福的，因为，此时此刻的他们，已然在大自然里，拥抱了他们最想要的美好与幸福。

后记

2013年，因缘际会，我留在终南山开始山居生活。后来，知道这座山自古以来就是佛家道家的修行地，就开始拜访这些居住山林的修行人。

直到2016年，我发现：所谓的“修行”不是在万般寂静的虚空里，而是在柴米油盐的人间烟火里；所谓的“成长”不止在别人的谆谆教导里，更要落实于对自身一言一行的觉察里。于是，我从“向外求”转变到“向内看”。山中四季里的一草一木、自我起心动念的一瞬一霎，都成为我观察和觉知的对象。

同时，我也把对佛道修行人的关注转移到没有宗教身份的普通山居者。山居生活对宗教修行者来说是传统修行途径，而对普通山居者来说则是一场生命的抉择。在这个被物质主宰的时代，山居者们主动放下曾经都市里的一切，退回到山林里，也退回到自己的内心里。他们的自我价值不再建立于外在事物上，而是回到生命本质，毅然去展开自己内心想要的生活。

很多人向往山居生活的美好，却不是每个人都能承受山居生活美好背后的考验。所以，在我看来，能长久在山中居住下来的人，都是勇士。我真心致敬这些平凡而又真诚的人生。

人生，是一场自我探索的旅程，最好的前进方向就是听从自我的内心。沿着这个方向，终能拥抱自己生命里的光。

愿你和我，都能勇敢地去拥抱生命里的光。

祥子

独立摄影师，作家

曾独自走遍中国与数十个国家。2013年开始，在终南山生活至今。
行走与山居，在两种不同的生活方式里探索内心，成长自我。
已出版山居笔记《把日子过成诗》。

与书相连

我的小院

产品经理 | 曹俊然　　装帧设计 | 郑力珲
特约印制 | 刘　淼　　策 划 人 | 于　桐

图书在版编目（CIP）数据

我的小院 / 祥子著. -- 杭州 : 浙江文艺出版社,
2018.5
ISBN 978-7-5339-5205-1

Ⅰ.①我… Ⅱ. ①祥… Ⅲ.①散文集－中国－当代
Ⅳ.①I267

中国版本图书馆CIP数据核字(2018)第032812号

我的小院
祥子 著

责任编辑 金荣良
装帧设计 郑力珲

出版发行 浙江文艺出版社
地　　址 杭州市体育场路347号 邮编 310006
网　　址 www.zjwycbs.cn
经　　销 浙江省新华书店集团有限公司
果麦文化传媒股份有限公司
印　　刷 北京旭丰源印刷技术有限公司
开　　本 880毫米×1230毫米 1/32
字　　数 113千字
印　　张 6.75
印　　数 1-10,000
版　　次 2018年5月第1版 2018年5月第1次印刷
书　　号 ISBN 978-7-5339-5205-1
定　　价 52.00元